悪役令嬢は嫌なので、
医務室助手になりました。2

ティアラブックス

Character

キャラクター

フェリクス＝オルコット＝クレアシオン

この国の王太子で、金髪碧眼の麗しい青年。学園に通いながら、王族の執務をこなしている。執務一環としてリーリエを気にかけているが、放なリーリエに手を焼いている。湖で出会った運命の女性を捜しながらも、医務室でレイラと過ごす時間に癒やしを感じているようで——。

クリムゾン＝カタストロフィ

学園に侵入してレイラたちを襲った魔術師。名前は偽名で、誰も素性を知らない。自分と対等にやり合える友人を捜していたようで、レイラたちを友人候補として見ている。

レイラ＝ヴィヴィアンヌ

伯爵令嬢で、儚げな美少女。幼い頃に、自分のいる世界は前世でプレイした乙女ゲームの世界であること、そして自分がゲーム内の悪役令嬢であることに気付き、バッドエンドを回避すべく行動している。生徒ではなく医務室助手として学園生活をスタートさせたが、メインヒーローであるフェリクスに惹かれていく。

ルナ

レイラと契約している闇の精霊。レイラの良き理解者でもある。黒い狼の姿をしており、普段はレイラの影に身を隠しているが、子犬や人間に姿を変えることができる。

リーリエ＝ジュエルム

作ゲーム内でフェリクスと結ばれるロイン。あるとき、この世界では珍しい属性の魔力に目覚めたことで、フェリスたち王族と行動するようになった。直で天真爛漫だが、自由すぎる行で周囲を振り回すことも……。

ノエル＝フレイ

子爵家令息で、天才と名高い魔術オタク。緋色の瞳のせいで、幼い頃は「悪魔の子」と虐げられていた。そのため、人付き合いが苦手だが、心を許した人にはデレることも。

ハロルド＝ダイアー

騎士を輩出している伯爵家子息で、フェリクスの護衛をする堅物騎士。顔はこわいが、性格は優しくて純情。三度の飯より鍛錬が好き。

ユーリ＝オルコット＝クレアシオン

この国の第二王子。人懐っこい性格で、情報収集が得意。兄であるフェリクスのことを尊敬している。

Contents

第一章　学園主催パーティー

「ヴィヴィアンヌさんは、火の魔術の扱いが得意ではないようですね。……というよりも熱や火力の調節ですかね？」

「面目ありません……」

学園の最北に位置する鍛錬場。目立たないが、それなりに環境は整ったその場所で、私は全力で魔術を行使していた。

目の前には黒焦げになった対象。火力が強すぎたようで女性教師が少し呆れていた。

いわゆる人形のようなものなのだが、これに遠くから狙いを定めて、原型を残す程度に手加減して燃やす……それが試験内容だ。ちなみに燃やす範囲も決まっており、人形に赤印がついた場所からはみ出してはいけない。つまり、調整能力や精密さが問われる。

私の場合はどうやっても調整出来ずに人形を消し炭にしてしまう。しかも周囲の火は燃え盛ったまま。

先ほどから繰り返す消炎作業に申し訳なくなる。

火の人工魔法結晶がわずかに熱を持っているくらい、魔術を連続していたのだが、一度失敗すると癖になったのか、失敗を繰り返してしまうようになった。

　こうして魔術に試行錯誤している理由は単純。

　卒業資格を得るためだ。私はここ最近、事情を知る先生に個別で実習や試験を見てもらっていた。

　配布された資料通りに実地試験を行い、大体は問題なく合格していったのだが、私は火の魔術で躓いた。

　練習は合間に行ってきたつもりだったが、人前でという緊張感や苦手意識が根底にあったのか、見事に失敗した。

　魔術は己の精神状態に影響されるという典型的なパターンである。

「一通りの実技は済ませたと聞いてはいましたが、細かい調整については少々心許ないようですね。……通信課程における実技試験ももっと充実させなければ……」

　やはり通常課程と通信課程だと合格基準も多少違うのだ。まさか、細かい調節をする羽目になるとは思わなかった。

「そもそも火の魔術を使わないもので……。火傷の治療ならお手の物ですが」

　生活するにあたっては、魔水晶のコンロで事足りるのだ。普通は。

　魔力持ちではない人も多いのだから。

「外で魔獣に出会って、どうしても火の魔術を使わなければならない場合はどうするのですか？」

「丸ごと焼き払いますが？」

それこそ微細な調整などいらない。障害物があるなら防御膜で保護をするから暴走させても問題ない。火力で押す。

「貴女って意外と脳筋なのね……」

心外な。どちらかというと工夫して対処する質（たち）だと自分では思っているのだけど。

「医療で体温調節とかしないのですか？」

「治癒魔術の応用でどうにかなりますし」

体温を上げるなら、売っている湯たんぽを使えば良い。

火が必要なら、この世界にあるライターもどきを使ってアルコールで燃え上がらせれば良いではないか。

最悪、風の魔術を使って摩擦力で火を起こすか、太陽光を集めて火を起こせば？　って思う。

化学バンザイ！

「魔術の必要性がないからと、本当に最低限だったということは分かりました」

先ほどから苦笑されてしまっている。

「申し訳ございません……。まさか火の加減をすることになるとは思っていませんでした」

「火の魔術は燃やせば良いと勘違いされることが多いのですが、そんなに簡単なものではないのですよ。……ほら、触ってごらんなさい」

先生は自らの手に火を宿して、私に触れるよう仰るけれど、普通に怪我をするのでは⁉

「良いから。価値観が変わりますよ」

「価値観？　…………え⁉　火なのに少し熱いだけで触れられる⁉　火傷もしないなんて！」

「燃えない火の魔術です。調整するとこんなことも出来るのですよ。かなりコツがいりますし、面倒なプロセスを踏まなきゃいけないのですが」

前世では考えられないというか、物理法則を無視している。というか、そんなことが出来るのなら、生活に取り入れたら色々な応用が効くのではないだろうか？

「相手を燃やすことなく軽度の火傷のみを負わせることも可能ですし、逆に狙った対象のみ限定的に燃やすことも可能です。この場合、人質に取られた味方がいた時に有効ですね」

「保護魔術をかければ――」

攻撃も思い切り出来るのでは？

当たり前のアプローチ法だと思って口にしたのだけれど。

「良いから、精進してください」

「あっ、はい」

四の五の言わずに覚えろという威圧感を覚えたので、素直に頷(うなず)いておく。

火力の調節は今後の課題である。

結局のところ、通信では限界があったのだということが分かっただけでも良しとしよう。

私に足りないのは圧倒的に実技だ。折を見て自主練をしようと思う。

「とりあえず再試験ということになりました。頑張ってくださいね。……そうそう。歓迎パーティーが開催されると思いますが、貴女はどちらとして参加されるのですか？」

「歓迎パーティーですか」

シナリオの中でもお馴染みの歓迎パーティー。ロマンチックな恋物語らしく、ヒロインは一人の男性とパートナーを組み、ダンスを踊るのだ。

どの場所に行くかによって未来が変わる典型的な乙女ゲームっぽい舞台だ。


原作の中でレイラはもちろん生徒として参加していたが、今回の場合、私はどちらとも言えないところにいるというか。

うーん？　でも、どちらかと言えば教師陣営な気がするなあ。

生徒たちが主役とはいえ、教師の方々もドレスアップすることになっている。

だが、医務室勤務の人間は別。何かあった時に備えて待機することになっているのが通例。

だから、普段通り、医務室で過ごすことになっていると思っていたのだけど。

「今年は医務室勤務が二人なので、必ずしも貴女が医務室に残らなくても良いのです。だから生徒としてでも教師としてでも、どちらの立場でも参加可能ですよ」

「医務官助手としてなら参加しようとは思いますが、生徒としてパーティーに参加するつもりはないですね」

学園内のパーティーなので、わざわざ私が参加する意義も感じられない。

先生は少し驚いたみたいだが、その申し出はありがたかったらしい。

「ヴィヴィアンヌさんはその年で仕事熱心ですね。正直、医務室にも会場にも医務室勤務の方が待機していただけるのは助かります。一年生にとっては初めての学園のパーティーなので、少しやんちゃする生徒もいるのです」

「羽目(はめ)を外す生徒さんもおられるのですか？」

「それはもう思春期ですからね」

遠い目をされる先生。何かしら過去に振り回された経験があるのだろう。

「ヴィヴィアンヌさん、参加されるのなら、ドレスの用意をしなければなりませんが、ご実家で用意されるか、学園のものを借りるかどちらかになります」

「ドレス……」

『ご主人。眼鏡を忘れるな。眼鏡だ』

先ほどまで口を出さなかったルナが忠告してくれて、ハッと気付いた。

私がドレスアップする場合、眼鏡は取り払われる可能性がある。何しろアレは伊達眼鏡なのだ。何らかの拍子にそれに気付かれて外されたら私は終わる。

『王子に正体を知られるぞ、ご主人』

まさかそんな都合悪く鉢合わせするなんて、あるはずない……と楽観視したいところだが、私は万全を期したい。

よってドレスは却下だ。止めよう。止めた方が良いと私の本能が叫んでいる。

「ドレスはなしで。動きやすい格好でそちらに赴(おもむ)きます」

「ヴィヴィアンヌさん、白衣は浮くのでは……？」

「悪目立ちせずに動きやすい服装を探して参加しようと思います」

伯爵令嬢としてどうなんだと思いつつも、先ほど先生は言った。

会場にも待機してもらえると助かる、と。

言質(げんち)は取ったのだから、言い訳には事欠かないと私は信じている。

そもそも伯爵令嬢の私が働いているのはいまさらといえばいまさらなのだから。

実技試験を終え、追試という結果に終わり、ついでに歓迎パーティーの依頼を受けた私は、医務室に戻る。
一、二時間程度空けてしまったが、いつものように叔父様は接客を放棄しているのだろう。相も変わらず、私がいない時はセルフサービス対応の叔父様である。
「あっ、ノエル様」

「邪魔してる」

うわ。機嫌悪そう……。声が分かりやすく低い！

機嫌の悪そうなノエル様が、湿布を勝手に取り出していた。

さっさと自分で手当をしている彼に、医療用テープを渡す。

触らぬ神に祟りなしだ。あまり構わない方が良さそうだ。

聞かれたくないのに聞かれた時は余計に苛立つものなのだ。

向こうから何かを話してきたら対応しよう。うん。

なので私はその間、不在の間の来客数や物資の消費量を確認しつつ、生徒さんの記入欄のミスなどを書き直したりしていた。

ノエル様はすぐに出ていく素振りを見せなかったので、冷たいお茶と摘まめるお菓子だけ置いて、日誌もつけることにする。

「置いておきます」

話を強請る空気でもなく、追い出すでもない空気を醸し出すのがコツである。

経験則からして、この場合、「どうしたのですか？」って聞いたら、「ああ？　何もない」とでも返される気がする。

ノエル様からイライラとした空気が漂ってくるので、嫌な予感はする。

触れるな危険！　っていうオーラが面倒だ。

距離感は一定を保ち、来客用ソファから少し距離を置いた場所で私は書類を清書していた。

薬の消費量が合わない……。予算が少し多い……。

ノエル様に半分意識をやりつつも、仕事はしている。

そんな感じで五分くらい様子を見ていたら、冷たいお茶を飲んで少しは落ち着いたらしいノエル様が、患者用のベッドに転がった。

ベッドのカーテンを引かないことから、構うなということではないと判断したので、さり気なく声をかけた。

「名目は、体調不良ってことで良いですか」

これはしばらく教室に帰らなそうだなあ。

普段、サボらないノエル様だからこそ、ここでいきなり注意するのは止めておいた。

「それで良いよ」

声が怒ってる。チラリとこちらに目線を向けつつも、すぐに視線を逸(そ)らす。

その雰囲気から、とりあえず一言だけ声をかけても問題なさそうだと判断した。

「何かありました？」

単刀直入に声をかける。彼の場合、まどろっこしいのを嫌がる気がしたから。

「ふん。お前にになら話してやっても良いけど」

あ。これ聞いても大丈夫なやつだ。

「怪我をしていたので、つい気になってしまって」

「女共の暴走とお花畑女のお気楽発言に巻き込まれたんだよ。僕は何も悪くない」

うわあ。

「その時点で嫌な予感しかしないのですが」

顔を顰(しか)めた私に、そうだろうと頷きながら、彼は説明してくれた。

「リーリエ＝ジュエルムが、目障り？　男たちに囲まれているから？　女共が、身の程を弁えろとぐちぐち言う典型的な修羅場を僕の目の前でわざわざ披露したんだよ。僕の目の前で！」

煩(わずら)わしいことは御免らしい。

「聞いただけで面倒そうですね……。それを人前でやるのってどうなのかしら……」

「全くだ！　女共は、男性陣に迷惑をかけるなんてと言っていたが、まずお前らが迷惑なんだと本気で言いたい！　まあ、言ったら泣くんだろうがな！　リーリエ＝ジュエルムも、泣けばどうにかなるとでも思っているのか！」

ハッと鼻で笑うノエル様は本気でイラついているようだ。

「彼女、また泣かれたのですか。それはなんというか……対応に困りますね」

人前で泣くのは貴族令嬢として問題があるし、彼女の場合すぐ泣くだろうから、たぶんノエル様は悪くないのだろう。

「そうだ。その言い方だとどうやらよく泣くようだな。僕はなおさら悪くないじゃないか！　僕は、物理的に攻撃してきた女共を止めてやった。だから突き指をしたというのに。むしろ庇ってやった側だというのに！　あの女にはただ『メソメソ泣くな。泣けば良いと思ったら大間違いだ』という正論を言っただけなんだよ」

「ああ……」

つまり言い方。ノエル様の口の悪さに加え、リーリエ様の泣き癖という相乗効果だ。

「お前も僕の口が悪いと言うのか!?　あの場面でなぜ、僕が泣かせたみたいな空気になるんだ。なぜ、それくらいで泣く!?」

気持ちは分からんでもない。

私は「ああ……」となんとなく頷いてしまった。

私も似たようなことがあったから。遠い目をしている自覚もある。

「リーリエ様は涙脆い方ですから、完全にノエル様のせいではないですよ」

まあ、一因ではあると思うけど。

どうやら、ノエル様はその場の空気がいたたまれなくなって出てきたらしい。

「ふん、当たり前だ！　僕は、正論しか！　言わない！」

「はい。……ノエル様は理由のない悪口は言わない方だと思います」

「……」

にっこり笑って言えば、ノエル様は拍子抜けしたらしい。ぽかんとした後、ベッドの上でコロリと転がって私に背中を向けた。

しばらく唸っている彼が怒っていないのを見てとった私はついでのように付け足した。

「口が悪いのは否定しませんが」

「一言余計だ」

くるりと振り返ったノエル様は子どものように拗ねていた。

しばらく拗ねていた彼は、完全に怒りを引っ込めたらしい。

「泣いたところで何も解決しないだろう。同情は誘えるだろうが。しかし、それも一つの解決策か……。ふん、気に入らない。女だというだけで泣いて許されるなど！　僕は認めない。世の中、そんな簡単ではないだろ。お前はどう思う？」

「……少なくとも貴族社会では泣くのではなく、ある程度は仮面を被らなければ、この先大変だと思います」

それをどうやってリーリエ様に伝えるか、それが問題だ。出来れば遠回しに。私じゃない誰かが穏便に伝えてくれるのが一番だけど。

「そうだ。もう心で泣け！　表面に出すな！　僕はそこまで世話は見切れない」

ふと、フェリクス殿下の疲れきった顔を思い出した。

「フェリクス殿下が、リーリエ様に色々とアドバイスされてはいるようですね」

「そういえば今日も殿下が一番大変そうだったな……」

やっぱり。だと思った。

「皆様、本当にお疲れ様でした。何も知らない私が言うことでもないですが」

「全くだ。大変だったんだぞ」

「怪我までするくらいですもの」

「女のくせにゴリラかと思ったぞ」

その発言は少々、乙女に対してどうなのかと思いつつ。

苦労が少し目に浮かぶようだ。

それと気になったのは、私がシナリオに参戦しなくても、突っかかってくる令嬢がいるということだ。

それはそうよね。あの態度が貴族社会で通用するわけないのだから。

ここは現実なのだ。

「寝る！」

ノエル様の突然の宣言。

「そうですか？　何時頃に起こしましょうか」

「良い。それより、お前、噂の音声魔術で子守唄でも歌って見せろ」

「ええ……。……安眠効果のあるもので良いなら……」

ノエル様はガバッと布団を被った。好奇心半分、疲労半分といったところか。

『ご主人、気晴らし程度になら良いのではないか？　こやつも少しは落ち着くだろう』

私は苦笑しつつ、安眠効果のある詠唱歌を口ずさみ、声に魔力を乗せるのだった。

まるでどこかの造語か何かのように、聞いただけでは意味の分からない単語の羅列だが、これは子守唄のようなものなのは確かだ。

「お前の声は、落ち着く、な……」

ノエル様はそれだけ言ってしばらくすると、寝息を立てていた。


学園主催の歓迎パーティーの日を迎えた。

この日は寮の門限に縛られることのない、つまりは夜会だ。

ゲームシナリオでは、攻略対象とのダンスシーンがそれぞれ用意されていて、まさに乙女ゲームといった憧れのシチュエーション。

ついでにこの日は、新キャラが登場する回でもある。

私、レイラ＝ヴィヴィアンヌが気を付けるのは、ヒロインがフェリクス殿下を選んだ時だ。

原作ゲームの場合、婚約者であるレイラと一悶着あるのは当たり前のこと。

だって、婚約者を差し置いてファーストダンスを踊るのってどう考えてもおかしいでしょ。

まあ、実際の私は婚約者じゃないから、揉めることも一切ない。むしろ、フェリクス殿下が誰と踊ろうと私には関係ないのである。

わずかな胸の痛みを無視しつつ、私には関係ないと言い聞かせる。

今回、夜会に参加したのは、先生に頼まれたからであり、リーリエ様の動向を確認したかっただけで他意はない。本当に。

別にフェリクス殿下のことが気になったとかでは、決してない。

ちなみに、行われるのは学園内のパーティーホールだ。

きらびやかなシャンデリアが光り、優美な趣向を凝らした壁や床の大理石に、高級な赤絨毯。

学内とは思えないくらいに豪華なビュッフェがところ狭しと並んでいて、メインからスイーツまでどれを取っても美味、食器一つですら王家御用達（ごようたし）の一品。

夜会としても非常に高いクオリティを誇っており、まさに夢の一夜と言って良いくらい。

メイドや執事たちも多数雇われており、ゲストのおもてなしも痒いところに手が届く。

そんな中、私はドレスを着る代わりに、メイド服を着用してこの場に臨んでいた。

私の今日の戦闘服。

悪目立ちせずに動きやすい服装と言ったら、これくらいしか思いつかなかったのだ。

他の先生方と同じように控えめにドレスアップして眼鏡を着用しようと思ったのだけど。

最近の私の周りでは『レイラ＝ヴィヴィアンヌ様の眼鏡を取り隊』なんていうものが活動しているらしい。

普段、あまりお洒落の類（たぐい）をしない私のことを、年上のお姉様方——たまに医務室にいらっしゃる上級生の方々が気にしてくださったようで、着せ替え人形にさせられそうになることも稀にあったのだ。たぶんその延長線かと思う。

ドレスアップなんかしたら、確実に眼鏡を取られる！　と危機感を覚えるほど、私に高級な服を着せたいらしい。

眼鏡を外したら、色々とバレる。そして、面倒なことになる。

そういうわけで、メイド服だ。

丈の長いスカートに、控えめなフリルで飾られたブラウス。胸元のネクタイも洒落ている。

黒と白の色合いが、ゴシックロリータ風でもあるが、どちらかと言えば上品なメイド服。クラシックメイドだ。

個人的には豪華なドレスよりも、こちらのメイド服の方が楽しい。

前世で友達に誘われ、メイド喫茶へ行ったことがあるのだけど、その頃からこのカチューシャというものに憧れていたのだ。

カチューシャも黒い布と真っ白なフリルの縁どりが可愛い。

背中ほどまである髪は後ろの方で三つ編みにして、横髪は垂らしておいた。

典型的なメイドさん。

『使用人の服を着るのに、なぜご主人はそこまで浮かれているのだ』

ルナは不思議そうにしていたけれど、きっとこのロマンは分かるまい。

ほうっと頬に手を当てている私の姿は、周りからきっと変な人間に思われているんだろうな。

メイド服で眼鏡というのも良いなあ……とか、昔のことを思い出して少し楽しくなってしまった。

メイド服を着て、他のメイドに交じって仕事をしようとしたら、メイド長らしき人に「お止めください！」と真っ青になって止められた。

さすがに無理があったかと反省しつつ、ダンスホールから少し離れた場所に待機しておくことにする。

怪我人や病人が出た時にすぐに動けるように、見晴らしが良く、ホールが一望出来る位置に移動しておくのだ。仕事はしなければ。

魔道具であるポーチには、薬品や包帯などをたくさん詰めてきたので、問題もない。

そしてなんと言っても、この場所は目立たずに周囲を観察出来る完璧な位置だとほくそ笑んでいると、ルナが呆れて一言。

『何が楽しいのか分からない』

普段、夜会などのパーティーなど楽しめるものでもないのだ。

蚊帳の外にいるだけでこんなにも楽しいとは。

生徒たちが入場してくるのを眺める。

婚約者がいる生徒は、それぞれパートナーをエスコートすることになっており、それを見るだけで今の情勢が少しは分かる。

必要最低限の夜会しか出席していないからこそ、こういう機会は本当に役に立つ。

「あら」

リーリエ様御一行が入場してきたのを見て、私は少し感心したように声を上げた。

うーむ。上手く考えたなあ。シナリオとは違うけど。

フェリクス殿下とユーリ殿下に手を取られ、入場してくるリーリエ様は初々しかった。

王家の人間二人にエスコートしてもらっているという事実。つまり、王家が光の魔力の持ち主を庇護しているという意思表示。

どちらかの王子一人にエスコートさせていないのは、苦肉の策なのだろう。

一人にエスコートさせていたら、あらぬ誤解を生むからだ。

シナリオだと、好感度が最も高い者がエスコートしていた。

そういったシナリオとの齟齬を見る度に、この世界は現実なのだと安心してしまう。

なら私だって死ぬことはないのかもしれないと。

いえ！　安心するのは卒業してから！

気を引き締め直して、私は毅然と前を向いて、リーリエ様の動向をさり気なく確認する。

こちらからは少し遠目だが、周りの生徒たちに最も注目されている集団だ。

リーリエ様が他の令嬢たちに眉を顰(ひそ)められていることから、やはりまだ馴染むことは出来ていないのだと察することが出来た。

令息たちは、白とピンクのフワフワとしたドレスを纏ったリーリエ様を見て頬を染めたりしているけれど。

現状確認としてシナリオが進んでいるのか、ルートなどが存在しているのか、それを確認したいところだ。

原作と違う以上、ルートなどないかもしれないという期待もあったけれど、何事も警戒しておいて損はない。

見る限りだと、フェリクス殿下と一番距離が近い？

彼女の腕が触れているのは、フェリクス殿下だ。

彼がどう思っているかは知らないけれど、彼は振り払うことはしなかった。

「……」

もやもや。

胸に宿るのは、重苦しくも苛立ちに近い感情。自分でも分からないけれど、あの光景を見ていたくないと思ってしまう。

『ご主人、怒っているのか？　魔力に乱れがあるぞ』

「怒ってなんかないわ」

私の影の中に潜むルナの問いに、周りに聞こえないよう小声で答える。

私には関係ない。私の第一優先事項は生きることだ。

仕事に誇りを持っている分、それに逸脱するような感情などいらない。

それに、私には相応しくない。

『……ご主人、無理をしているのか？』

「無理はしていない」

そもそも初恋とは叶わないものだ。

憧れて、焦がれて、求めていたとしても、それはいつか淡い思い出になるものだと私は知っている。

思春期ならではの甘く幼い感情だと。

「今の私は、医務官助手のレイラ＝ヴィヴィアンヌだもの」

ふと、ふらついている令嬢がいたので、さり気なく移動する。

靴擦れを起こしたらしい彼女に処置を施した後、ルナはまた心配してくれた。

『仕事熱心なのは分かった。……無理だけはするでない。手伝えることがあったら言ってくれ』

私はこくりと頷いた。

医務官助手としての仕事は、そこまで負担がかかるものではなかった。

指を切ったとか、靴擦れを起こしたとか、貧血とか、細々とした処置をひたすらこなすだけのお仕事。

先生の一人が飲みすぎて胃をやられ、それに呆れつつも胃薬を処方したりと、それなりに忙しくはあったが。

だけど、どうしても視線だけは上手く逸らすことが出来なかった。

フェリクス殿下は、リーリエ様とファーストダンスを踊るのだろうか？

ここにいたらそれを見てしまいそうで嫌だった。

先ほどからリーリエ様は殿下の隣にずっといるし、殿下が先生方に挨拶回りをしようとしていても付いていこうとしているし、片時も離れたくないのかも。

彼女は、貴族のパーティーに慣れていないからそれも理由かもしれないけど。

そろそろ、オーケストラの演奏が始まるから席を外そう。パーティー会場から繋がっているバルコニーにでも出ていようかな。

バルコニーで外の空気を吸いつつ、ダンスの時だけは目を逸らしてしまえば良い。

バルコニーに出て、ルナに頼み込んだ。

「ルナ、ダンスの間――ファーストダンスの間だけで良いから、会場内を見張っていてくれる？　異常があったら報告してくれるとありがたいのだけど……」

『そんな簡単なことで良いのか？』

「うん。正直助かるの」

これは、私情だ。

リーリエ様とフェリクス殿下がファーストダンスを踊るのを見たくないからって仕事を疎か

にしている。

バルコニーとパーティー会場は繋がっていてすぐに移動出来る距離だし、目を離すのもわずかな時間だし、私以外に護衛はたくさんいる。

だけど、私情で私は目を逸らすのだ。

「叔父様にこっちに来てもらえば良かったかなあ……」

『そなたの叔父がこちらに来たら、ひたすらスイーツにがっつくだろう。仕事そっちのけで』

「さすがに、呼ばれれば行くと思うわ。叔父様でも」

だけど、フルーツとスイーツに釘付けになるのは目に浮かぶようだ。

『ご主人も少しくらい羽目を外しても良いだろうに。そもそも、他の生徒と同じようにドレスを纏っていても良かったのではないか？』

「ほら、それは色々あるから……」

『まあ、良い。そなたは少し働きすぎだ。休め。休憩を取っていないだろう？』

「ありがとう」

影の中から出てきたルナは狼の姿から、黒い小鳥の姿へと変化した。

「か、可愛い」

基本は狼の姿だけど、鳥になろうと思えばなれるのね。……人の姿になれるくらいだから、小鳥の姿に変身するのも朝飯前なのかもしれないけれど。

『この姿でいつものように、撫で回されるのは勘弁だ』

「ああっ！」

撫でようとした私の手をすり抜けると、パタパタと会場内へと飛んでいってしまった。

シャンデリアや、天井近くで見張ってくれるらしい。

「……」

そろそろ音楽が始まるのだろう。ダンスを踊るために中央へと集まる生徒や、壁の花希望の生徒など、皆、思い思いにパーティーを楽しもうとしている。


だけど、私は逃げて、ここにいる。


「……やっぱり、叔父様に来てもらった方が……」

こんな風にうじうじしなかったかもしれない。

バルコニーで項垂れていた時、コツンと靴音が背後から聞こえた。

「……っ！」

わざわざこのタイミングで来たのは誰なのかと、がばっと後ろを振り向いた。

「わっ」

いきなり振り向いた私に驚いたらしい、その人は目を見開いていた。

こんなところになぜいらっしゃるのだろう？

予想外の人物との遭遇に私も驚いていたが、平静を装って声をかけた。

「ごきげんよう。どうかされましたか？　フェリクス殿下」

誰かと思えばそこにいたのは、フェリクス殿下。

夜会服は、濃い青を基調としたシックな装いで、夜に映える金色の髪がなおさら美しく際立っている。

派手さというよりも落ち着いた色合いでまとめられており、とても神秘的だ。

てっきりリーリエ様と踊るものかと思っていた彼が、すぐ目の前にいることに、私はほっと胸を撫で下ろした。

待って。私、今、もしかして安心した？

もう嫌だ。恋する乙女モードなんて。自分で自分に寒気がして、身を震わせていれば。

「レイラ、もしかして寒い？」

「……!?　違います！　少し驚いただけで」

「そう？」

ん？　なぜ、私の横に並ぶ？

「あの、殿下。ファーストダンスはよろしいので？　一曲目の時間ではないですか？」

一曲目が間もなく始まると先ほど、アナウンスがあったばかりだ。

「学園のパーティーだし、婚約者のいない私に義務はない」

「てっきり、リーリエ様と踊られるのかと思っておりました。とても仲睦まじいように見えましたし」

「……もしかして私たちのこと、見ていた？」

はっ。ずっと見てました、とか気持ち悪い以外の何ものでもないじゃない！

遅まきながら失言したことに気付いた私は動揺していたのだが、頭の中はすっと冷静で。

すぐに気を取り直した。

「会場全体を把握するように心がけていたのですが、殿下たちは目立っておいででしたので」

するすると口をついて出るのはそれらしい理由だ。なんてことないようにサラリと告げることも忘れない。つまり、あまり長すぎると言い訳に聞こえるので注意ということ。

ここであざとい人ならば、殿下のことが気になって仕方なくて……とか可愛い一言が言えるのだろうけど、私には無理だ。

そんな発言をした自分を想像したら、死にたくなった。

「なるほど、お疲れ様。まあ、そうだよね」

はて？　なぜか殿下は気落ちしているようだった。

残念そうにも見える。

「レイラがまさかその格好をしているとは思わなくて、なかなか見つけられなかったよ」

その格好。つまりは、私がノリノリで着ていたメイド服だ。

ふと殿下は、何かに気付いたように、じっと私を見つめた。

「でもよく考えてみれば、こんなにも綺麗な銀色の髪を持ってる子は他になかなかいないよね。すぐ見つけられそうなものなのに」

「……」

私の三つ編みをなぜかほどき始め、少ししてからほどいた私の髪を弄び始めた。

「あの、ちょっと……」

いきなり何をするんだと抗議しようとしたら、私の前で物語の王子のように跪かれ、さっと手を取られる。

「たとえお仕着せを召していようとも、貴女の麗しさは陰ることなどありませんね。美しい銀の髪が流れる様を見たくて、つい乱してしまいました。貴女の銀色を探して右往左往としていた憐れな男に、どうか一時、貴女との時間をください」

手の甲にふわりと唇が触れた。羽でも触れるような感触。

「……!?」

とっさに叫び出すことはなかった。さすがに長年の淑女教育は裏切らない。

芝居めいた誘い文句にドキドキと心臓が鳴っているのを自覚しながらも、断らないと……と思った私はとっさに答えていた。

「私は既に素敵な時間を過ごすことが出来ましたわ。貴方との時間は、それはもっと特別なドレスを着て、最も美しく着飾った淑女として過ごしたいと思っておりますの」

つまり、直訳すれば。

メイド服だから勘弁して。

夜会での甘ったるくてぞわぞわする誘い文句も、好きな人に言われてしまうと破壊力がある。

「人目を気にしているのなら、ここは二人きりの空間ですし、私は貴女の瞳に魅入ってしまうので、ドレスのご心配も無用ですよ?」

「あら。世の乙女がお聞きになったら嘆かれますわよ」

「おっと。貴女とのファーストダンスの権利を得たいばかりに少々焦ってしまいました。どうやら私は可憐な妖精に惑わされてしまったようです」

と、ここまでやり取りしたところで。

「ふ、くっ……」

フェリクス殿下は跪いて手を取って、私をお姫様扱いしたまま、肩を震わせて笑いを堪えている。

「この茶番を先に始められたのは、殿下ですよ?」

「……すまない。まさか乗ってくれるとは思わなかったんだ」

殿下は私の手を離すと立ち上がり、バルコニーの柵に手をかけて、顔を伏せて笑っている。

大爆笑していらっしゃる。

疲れ切った私たちのちょっとしたお遊び。

普段の私たちらしくない応酬に、面白くなって私も小さく微笑んだ。

「レイラのそういう話し方、初めて聞いたよ。仕草とかいつもと少し違ったし」

「夜会専用のお嬢様モードですね。やれと言われたらやりますが、普段はやりません」

「あー、そうだよね。社交に無縁でいられる貴族はいない」

私の素よりも、お嬢様モードの時の方が女性らしい声音だと思う。

さすがに昔からの教育の賜物だ。

ひとしきり二人で笑った後、先ほどとは違い、率直に殿下は私を誘う。

「レイラはずっと働いていたんだろう？　人前に出るわけにはいかないが、ここには誰もいないし、少しダンスに付き合ってほしいな」

「遠慮したいです」

「せっかくなんだし、気晴らしにもなるんじゃない？」

「そこまで踊りたいのなら、ハロルド様と踊ればよろしいのでは？」

「男同士で踊ったところで、誰も得しないと思うんだけど。それにハロルドは舞踏よりも武闘の方が好きだろうに」

まさかそう来るとは思わなかったようで、殿下は瞠目した直後に、苦虫を噛み潰したような顔をされた。

「ふふ、それは否定しませんが」

ハロルド様なら武闘。確かにそうだろうなあ。

「それとも、私と踊るのが嫌だとか？」

「……」

そういう風に答えにくい誘い方をするのはどうかと思う。

オーケストラの音楽が鳴り始める。

豪奢な音……と表現してもおかしくないほどに、壮大で気分が高揚するような音色。

結局、拒否をしきれずに流されるように、フェリクス殿下の差し出した手を取った。

体が密着して、体温すら感じられる距離。

だから断ったのに。

好きだと自覚した後にこの仕打ち。

最初のダンスの相手が私であることは素直に嬉しいけど、緊張して楽しむどころではなくて、平静を装うので精一杯だった。

音楽に合わせてステップを踏む度にメイド服の裾がひらりと揺れる。

それにしても、殿下はリードが上手い。それなりにダンスの練習は欠かさなかったけれど、今まで出会った誰よりも上手い。それに踊りやすい。

言葉を発して、適切な言葉を返される——打てば響くという表現があるけれど、まさしくそれに近い。

こちらの呼吸に完全に合わせてくれているのだろうか？

先ほどから違和感を覚えるどころか、息が合っていて、それがあまりにも自然すぎて怖い。

「レイラはダンスが上手いね。ここまで息の合う相手は初めてだ」

純粋に驚いているらしい殿下を見て、彼にとっても予想外な出来事だったことが分かった。

羞恥心も何のその。楽しくなってしまった私は彼と目を合わせた。

楽しまないと損だということが分かったから。

高揚感に己の恋心は誤魔化（ごまか）されていた。少しハイになったのかもしれない。

一曲の間くらい、殿下の時間をもらっても、良いよね。

フェリクス殿下は、私の手をぎゅっと握ると、嬉しそうに笑った。

「っ……！」

胸の奥が突かれた心地だった。きゅうっと甘く締め付けられるような感覚に、これはマズいと本格的に思う。たった一つの微笑みで骨抜きになってしまうなんて。

だけど、熱い頬を誤魔化すことに意識が向かいつつも、私の体はしっかりと動いてくれている。長年の淑女教育の成果がこんなところにまで。

「レイラ」

「はい？」

「呼んでみただけだ」

「……」

ものすごーく楽しそうね、フェリクス殿下。

ファーストダンスの間、フェリクス殿下はずっと楽しそうだった。

ちなみに私はというと、正直かなり余裕はなかったかもしれない。

私の手を掬い取り、壊れ物でも扱うように身体に添えられる手を、どうしても意識してしまう。

ぽわぽわとした夢の中にいるような心地の中、好きな人の腕の中で、相手だけを見つめる。

度重なるお互いの視線は逸らされることなどなくて。何もかも、奇妙な一体感に胸が騒いだせい。

どこか、白昼夢に似ている。現実味がないところとか。

いつからか熱に浮かされたような陶酔に浸っていた。ただこの時間を堪能したいという情感に身の内を支配されてしまっている。

掬い取る彼の手は、当たり前だけど私のよりも大きくて、思わずときめいた。

どうか、私の様子がおかしいことに気付かないで。

「また踊ろうね」

曲が終わって、名残惜しそうに手を離されて、内緒話でもするように囁かれる。

それだけ言い残してホールに戻る殿下を見送りながら、自分の中にあったモヤモヤが薄くなっていることに私は遅まきながら気付いた。

もう、これ以上望んだら罰が当たるんじゃないかな？

この後、殿下が誰と踊ろうとも、先ほどみたいに重苦しい何かに苦しめられることはなさそうだ。

どうやら私はかなり重症らしい。

第二章　紅の魔術師

バルコニーから出た私は、ちらりと横目で確認した。

リーリエ様とフェリクス殿下が何かを話している。周囲にはお馴染みのユーリ殿下、ハロルド様、ノエル様。

皆さん、揃(そろ)って……。あれ？

ふと違和感を覚えて首を傾げてから束の間、肩にポンと手を置かれた。

「レイラ、やっと見つけました」

美しい銀髪と紫の瞳の人物がすぐ後ろにいた。

親族だけあってお兄様と叔父様は似ているが、男性的なフェロモンを持った甘ったるい雰囲気を持ったお兄様とは違う優男風なのが叔父様。

年がら年中、白衣姿の彼はパーティー用に服を着替えることもなくここにいた。

温和な雰囲気を持った中性的な美貌に、周囲の人々は溜息を零していたりするが、本人はそんなのお構いなし。

普段引きこもってるから、叔父様の姿を見た人は少ないんだろうなあ……。

見た目だけは極上なセオドア叔父様が、なぜか医務室を離れてこんなところにいた。

「レイラ。ずっとこんなところにいるのは大変でしょう。私が代わってあげます」

満面の笑みだが、スイーツの方をチラ見しながら言っているので、魂胆が見え見えだった。

「叔父様、そういうのは先に言ってほしいのだけど」

「医務室は人がたまにしか来ないから暇ですよ」

来るのか、人。それなのになぜ、空けた。

「来てしまったものは仕方ないわね。じゃあ、私が代わりに医務室に行きます」

そもそも人と会いたくないから、医務室担当になったのではないのか。

そうか、スイーツか。スイーツなのか。

黒い小鳥が音もなく飛んで来て、私の影の中へとぬるりと入り込む。

『ご主人、戻るのか』

「戻ることになった」

小さな声で応答して、早速スイーツに目を輝かせる叔父様を見遣り、私はふうっと息を吐いた。

通用口から出て、人気のない学園内の廊下を歩いていく。廊下に出て、少し離れるだけでも喧騒(けんそう)は遠のいて少しだけ安心した。

後ろの通用口から、がちゃりと音がしたので、私以外にも誰か抜けてきたのだと思って、何気なく振り返ると、見覚えのある生徒がこちらに向かって歩いてきた。

「帰るのか？」

「ノエル様」

赤と黒を基調とした夜会服。己の象徴である赤を服に取り入れたのはわざとなのだろう。

「ええ。私の叔父がこちらに来ましたので、私は医務室の方で待機しようかと」

「そうか。僕もそろそろ限界だから抜けてきたんだ。義務は果たしただろ。あんな場所、窮屈で仕方ない」

はんっと鼻で笑う姿はいつも通りだが、かなり疲弊しているのは分かった。

明らかに精神が摩耗している。

「ダンスの断りの文句とか、さり気ない躱し方とか、面倒すぎる。僕はそういうのは苦手なんだ」

「お疲れ様です。ノエル様」

疲れただろうなあ。

というのも理由がある。彼の不遜な口調だが、これは好きでやっているわけではない。

彼が我が国――クレアシオン王国に来たのがちょうど学園入学の一年前。

この国の生まれながら、ほとんどは外国で過ごした帰国子女なのだ。

赤い瞳を恐れられ、迷信を信じた親族に煙たがられ、命の危険に晒されたことから、ノエル様たち親子は一時期、海外で過ごし、領地経営から何までこなしていたらしい。

つまり、クレアシオン王国で使われている公用語を本格的に覚え始めたのが一年前。

幼い頃、言葉を覚え始める前に移住して、当時は現地の言葉を主に使っていたそうな。ということで敬語が苦手なのである。発音はネイティブに近いし、会話も問題ないが、貴族間でのやり取りが特に苦手らしい。

さらに、ノエル様の味であるあのツンデレがそれに拍車をかけている。

フェリクス殿下が、ルナが敬語を使わなかった時に咎めなかった理由はそこにあった。

それにしても、原作ゲームだと、パーティーが始まった直後に抜け出すノエル様がここまで粘るとは……。こういう時にゲームと現実の違いを垣間見る。

先ほどの違和感はこれだ。どうしてなのだろうと思っていたら、その回答は本人からもたらされた。

「途中で殿下が便所に消えたせいで、抜け出す隙を失った」

「便所……」

ああ。私と踊っていた時間帯だ。私を見つけるのにも少し時間がかかったのかもしれない。

フェリクス殿下……、抜け出す言い訳が雑すぎやしませんか？

どうやらノエル様は、殿下に対して報告、連絡、相談を心がけているらしい。それで今、ようやく抜け出せたということは、抜け出す許可を得たということだ。

「あの女も殿下と踊るようだし、それでちょうどあんたが出ていくところだったから、一緒に戻ろうかと」

「そうでしたか。私は医務室に戻るのですが、ノエル様は寮に戻られますか？　パーティーで晩餐を兼ねていますので、食堂はどこも閉まっていると思いますが……」

「あー……部屋になんかあった気がするから、それでいい。……言っとくけど、別に行き当たりばったりで食事を食べ損ねたとかじゃないからな！」

食べ損ねたんですね……。

「まあ、慣れない場所で食事するよりも、慣れた場所で食事した方が美味しいですし」

「ああ、そうだ！　だからパーティー会場の料理を制覇出来ないからと後悔なんてしていない！　僕の最重要任務はあの場所から抜け出すことだからな！」

分かりやすく全てをペラペラと話していることに関しては突っ込まないでおこう。

生温い視線を向けそうになるのをバレないように誤魔化しつつ、ノエル様と談笑しながら廊下を進んでいる最中のことだった。

ノエル様がピタリと足を止める。

『ご主人』

ルナも警戒したように声を固くした。

「え？　何かありました？」

二人の反応に驚きつつも、私は少しだけ思い当たることがあった。

優秀な魔術師のノエル様と、精霊のルナが警戒する相手がここにいるということは。

新しい登場人物ではないだろうか？

思わず私が震えてしまったのは、未知数だからだ。

前世の私は隠しキャラのルートを攻略していない。

そして、今夜のパーティーでヒロインと遭遇する予定の相手は、その隠しキャラなのだった。

「何か、強大な魔力の気配がする。瘴気(しょうき)みたいなのも感じる」

『ご主人。ただ者でない気配を感じるぞ』

パーティーが開かれている中、強大な魔力を持った存在をこのまま放置するわけにはいかなかった。ゲームではただのヒロインとの出会いイベントだが、ここは現実。

本来なら、攻略対象と過ごした直後、化粧室で着飾ったドレスや小物を直しに向かい、その先で不思議な青年と出会う……という予定なのだ。もちろんヒロインのリーリエ様が。

どの人物と過ごしたとしても、それは変わらない事実。

ノエル様とルナが警戒をしている時点で放置する案件ではなかった。

それにリーリエ様と出会う予定だったが、私と過ごした時間分、時間がずれてしまったせいで起こるはずのイベントが起こらない可能性がある。

一曲目のダンスの後、二曲目が始まる瞬間も、殿下はリーリエ様の隣にいなかった。少なくともそれが終わって三曲目にならなければ、リーリエ様はフェリクス殿下と踊れない。

ちなみに今は二曲目の途中くらい。

あの様子を見ると、リーリエ様はフェリクス殿下とダンスをしようと思っているに違いないのだ。

「隠形魔術を使って、様子を見に行くか。何もなければそれで良いんだがな」

「そうですね。様子を確認して、何かあったら魔術で連絡を取りましょう」

最強の魔術師とルナが揃っているので心強い。

隠形魔術を使って姿を隠した私たちは、お互いの姿だけは視認出来るように調整して、強大な魔力の持ち主のいる場所へと足を進めていく。

思っていたよりも近い？

それらしき気配を辿っていくと、ある開けた場所に到達した。

ちょうどそこは階段の踊り場で、綺麗なステンドグラスが月の光を招き入れていた。

階段にも敷き詰められた赤の絨毯のおかげで、足音はなかなか聞こえないが、暗い中、人の気配を察知したのは日頃の訓練のおかげなのかもしれない。

声を出しそうになる前に口を押さえて、階段の一段目で手すりに寄りかかるその人物を見た。

その人物は、まるで私たちが見えているかのようにこちらに視線を向けていた。

その目が射抜くようにこちらを見据えていて、興味深そうに口元は緩められていて。

純然（じゅんぜん）たる好奇の眼差しがこちらに注がれている。

「貴方は……」

なんて美しく鮮烈な緋色（ひいろ）の髪なんだろう――。

紅の髪を持つ若い男が、その端正な顔にふっと妖しい笑みを浮かべて佇んでいた。

灰色のローブを纏った真紅色の髪は、横髪が長くはみ出していた。長い前髪から覗く金の瞳は、こちらを見透かすようだった。

高い身長は威圧感すらあって、我にもなく気圧(けお)されてしまっていた。

ただ者とは思えない雰囲気を醸し出している男は、階段の手すりを支えにして、こちらを見下ろしている。

ああ。この人物が――そうなのね。

隠し攻略キャラクター。クリムゾン＝カタストロフィ(真紅色の破滅)。

もちろん偽名だ。彼は本来の名を捨て、自らが付けたその名を名乗っている。

なんというセンスだ。真紅色の破滅って。

「どうやらお客様が二名ほど、いらっしゃるようですね。まさか気付かれるとは思いもしませんでした。せっかくなので、そんなあなた方と仲良くお話をしてみたい」

丁寧な言葉遣いでとても友好的な態度だが、クリムゾンの持つ威圧感はとてつもない。

無邪気な声音は、混じりけもなく純粋そうに聞こえるというのに。

にこやかに微笑を浮かべてみせるクリムゾンに、一見悪意は見当たらないようだけれど……。

刹那、私の前に立ち塞がったノエル様が、守るように一歩踏み出した。

「おっと。お姫様を守る騎士さんですか！　物語のようでけっこうです」

「……」

やはり、こちらの工作などバレているらしい。

隠形魔術を使っているのに……。

「うーん。上手い術式ですね。無駄のない魔力の編み上げ方は芸術的と言っても良い。それを破壊するのは勿体(もったい)ないですが……」

ロープの中からスラリと出したのは、私の身長ほどある杖だ。

その杖を床に思い切り叩きつけると、シャンと金属の飾りが揺れる音が辺りに響き渡った。

「え……⁉」

「何⁉」

あまりの事態に、私とノエル様は思わず声を上げてしまっていた。

隠形魔術が解除された？

自らの体にかかっていた魔術を根こそぎ取り除かれ、それが一瞬で行われたことに愕然(がくぜん)とする。

「レイラ。早く伝えよう」

早速、会場にいる先生方にこの状況を伝えようと術式を発動させようとするノエル様に向かって、ぶわりと大きな影が覆いかぶさろうとしていた。

闇属性魔術の使い手。そう、確かクリムゾンはそうだった。それが何を意味するのかは知らないまま私は前世で死んだ。

クリムゾンの攻撃をノエル様はそちらを確認することもなく防いだ。

ぶつぶつと何かを言っているノエル様。念話魔術だ。手紙や連絡とか言っている場合じゃないと判断したのだろう。

「ふふ、俺の魔術を片手間でいなすなんて、さすがですね？　なら、うちのアビスの攻撃は防げるのか興味が出てきました」

クリムゾンの目にあるのは面白い玩具を見つけたような素直すぎるほどの純粋な興味。

悪戯を思いついた無邪気な子どもの表情にも似ていた。別に殺そうと思っているわけではないらしい。

そう。クリムゾンは人を殺すことはしないと豪語しているのだ。攻略キャラクター紹介の特集で『俺は人を無闇矢鱈に殺すことはしません』という台詞があったはず。

それからクリムゾンは、誰とも馴染むことなど出来ない日々の中、同じ目線で話せる存在を、つまりは朋友を探しているという設定だった。

でも、まずい。

アビスを相手にするには、今の私たちでは力が及ばない。彼は私たちを買い被りすぎだ。

アビスは、クリムゾンと契約している闇の精霊。序盤でまさか、クリムゾンがこんな風に好戦的になるとは思わなかったのだ。

そもそもここで会うのはリーリエ様だというのに。もうこの時点でシナリオ崩壊している。

精霊を相手にするには、通常の魔術では手に負えないことは重々承知だ。

なら、精霊には精霊！

「ルナ！」

名を呼んだ瞬間、ずるっと私の影から出てきた狼――ルナは私の前に飛び出ると、唸り声を上げながらそれに噛み付いた。

ふしゃあああ！

ルナが噛み付いたそれは荒々しく鳴いた。

それは猫科の鳴き声だ。凶暴な黒猫の姿をした精霊――アビスが振りかぶった爪をルナは受け止めていた。

なんて凶暴な爪なの⁉

それを一つ振るうだけで周囲には恐ろしく巨大な爪跡が残るほどの威力。

それをルナは噛み付くことによって封じ込める。

お互いにバッと距離を取り、威嚇体勢に入る。

獣同士の喧嘩に過ぎないそれは、見る者が見れば恐ろしいほどの殺気を放っていることに気が付くだろう。

ぐるるるる、という狼の低い唸り声。

しゃあああ！　という猫の威嚇。

精霊たちは戦闘時に本能を剥き出しにしていた。

ルナやアビスは特に獣的な本能が精霊の中でも強いらしい。

「……っ、精霊⁉」

酷く狼狽していたのは、クリムゾンだった。

先ほどまでの余裕な表情は剥がれ、呆気に取られた人間らしい表情を浮かべていた。

意表を突かれたと言わんばかりの無防備な表情は、どこか年相応で。

そんな中、アビスが先に膠着状態を破った。

ルナを睨みつけると、アビスの足元から触手のようなものが現れる。

それはルナへ巻きつこうと一気に襲いかかった。

迫り来る闇の触手に、ルナは体当たりをして力技で蹴散らすと、勢いを殺さずにアビスへとそのまま飛びかかる。

前足で押さえつけ、喉笛を食い破ろうとした瞬間、アビスは高く響き渡る威嚇の声を上げながら、長く伸びたしっぽでルナを叩きつけて追い払った。

ルナは地面に叩きつけられる前に受け身を取り、再び唸り声を上げている。

今度はルナが複雑な紋章を床に刻むが、アビスがしっぽを使って振り払い、霧散させる。

獣が高く飛び上がり、空中で揉み合い、牙と爪で応戦している。もはや、魔法など使わずに肉弾戦でやり合っていた。

精霊の魔法は精霊でしか対応出来ない。もし、同じくらいの能力の持ち主がぶつかり合ったら、お互いに打ち消し合うわけで。

キリがない。

ならば最後は肉弾戦、と精霊たちは判断したらしい。

「ルナ！」

魔力を、契約している己の精霊に意識的に注ぎ込む。

一見すると単なる爪と牙の応酬だが、人間には到底理解出来ない魔法のやり取りが行われていることがなんとなく分かった。

先ほどから魔力の消費が著(いちじる)しいのだ。容赦なく吸われていく感覚から、相手がそれだけ強いということが分かる。

でも、ルナがあのアビスと互角だとは知らなかった。

少なくともそれだけで、私の命が脅かされる心配はない。

私の魔力を思い切り消費したルナは体を一段階大きくさせていく。みるみるうちに牙もより鋭くなり、しなやかな筋肉が踊る様は逞しさを感じる。

それに対抗したアビスは、爪に魔力を集中させて、それを振るおうとした。

まずい！　このままじゃ、廊下がめちゃくちゃになる！

防御膜を張る余裕などなくて、それを覚悟した瞬間だった。

「……？」

え？

建物は何も壊れていなかった。今の一撃をルナは避けたというのに。

ばっと、横にいた人物を振り返る。

「くっ、なんだこの攻撃は」

ノエル様は何かに耐えるように顔を顰めていた。

魔術を行使しているのか、赤い眼の色は輝きを増している。

建物ごと抉(えぐ)ろうとした爪の攻撃を、ノエル様がとっさに防御膜で守ったのだ。

「レイラ！　僕が建物を守る。お前は今やってるそれを続けろ！」

精霊が見えていない彼も、人間の手に負えない何かが戦っていることに気が付いたらしい。

それに私やクリムゾンが関わっていることも。

そうか。ノエル様は魔力の粒子が見える。精霊が見えなくても、行使された魔力は見えるのだ。だから彼には、的確に建物を守ることが出来る。

それに精霊の攻撃に耐えうる防御膜を張るということがどれだけすごいことか。

頼れる存在に、私は頷いて応えた。

「お願いします、ノエル様」

「いつも言っているが、様はいらないぞ。仰々しい！」

ノエル様はふっと不敵に笑い、いつもの文句を口にする。

私は、ポーチの中から魔力回復薬を出してこくりと飲み干した。

これで少しでもルナに魔力をあげられれば。

過熱する肉弾戦。ノエル様のおかげで周囲が削れることもなく、戦闘は続く。

一瞬のことなのか、それともそれなりに時間が過ぎているのか、時間の概念を忘失してしまいそうな心地だった。

それほどまでに精霊同士の戦いは異様だ。

どうして、こんな精霊同士の戦闘をする羽目になったのか、いまだによく分からないけれど。

だけど、少しでも時間稼ぎをすれば、助けが来るのは確かだ。

「ふふっ」

呆然としていたはずのクリムゾンが笑う。

「あはははは！」

心から楽しそうに笑う。三日月のように目を細めた彼から戦意は消えていて、ただこちらを興味深そうに見つめている。

「いいですね、あなた方」

むしろ羨望に近い何かを向けられていると感じる。

彼のその視線の意味を私は知らないけれど、なんとなく悪感情からくるものではないことだけは分かった。

「アビス、戦闘を止めてください」

猫の姿をしている精霊はピタリと攻撃を止める。

『これからが楽しいところだというのに、我が主は止めろと仰る。たまにはワタクシめにも戦闘を楽しませてくださいませんかね？』

ついでに不平が聞こえてきた。それは慇懃無礼な男の声。猫なのに声がイケボである。

……うわあ。不満たらたらだ。

そんな不満たらたらなアビスに対してルナは鼻を鳴らす。

『ふん。自分の主の命令にも従えないなど、精霊としてはずいぶんと落ち目らしいな。私と違って、ずいぶんと落ち目らしいな』

「なぜ二回言った⁉　ルナ！　わざわざ挑発しなくて良いから！」

『大事なことなので二回言いました、とご主人がよく言っているだろう？』

そんなの真似しなくて良いから！

それをもちろんアビスは聞き逃すことはしない。

『ほう。犬っころがワタクシに無礼な口を聞くとは……。躾をしてあげなければいけませんかねぇ？』

不穏な空気を醸し出すアビスに、その主が一喝した。

「止めろと言いました。そんな体たらくなら次回から戦闘は一切命令しませんが、それでよろしいですか？　うーん。例えば書類仕事などを――」

『失礼いたしました。我が主』

即答である。そんなに書類仕事が嫌なのか。

「申し訳ありません。うちの猫はまだ躾が十分ではないようです。大変ご迷惑をおかけしました。ご令嬢」

物語の騎士のように綺麗な一礼をする彼に私は警戒を強める。

この人、何を考えているのか分からない。

「猫は躾をする動物ではありませんよ？　猫は気ままな生き物ですから」

ハッタリだが、こちらの弱気を悟られてはいけないと淑女の笑みを貼り付ける。

「警戒をしないでください。貴女のような美しい少女に警戒されるのは少し哀しい。心配しなくても、貴女に手出しはしませんし、貴女のことを他者に伝えることも仄めかすこともいたしません」

クリムゾンは好意的な目で私を見ていた。精霊持ちであることを隠してくれるらしい。

精霊と契約していることを公にすれば、確かに煩わしいことがたくさん振りかかってくるけれども。

クリムゾンは、ゲームのいくつかのルートでラスボスっぽい雰囲気を醸しながら登場していたのだが、彼のルートを知らない私に彼の真意は分からない。

『この男、嘘はついていないようだぞ。ご主人。契約している精霊は気に食わないが』

最後のわざわざ言う必要あった？

「ふふ、どうやら、貴女の精霊のお墨付きみたいですね？　光栄です。同じ精霊使い同士、友人になれるなら、その方が良いではありませんか」

「……」

ルナ曰く嘘はついていないらしいけれど。

精霊は人間の嘘など、見破ってしまう。確かに、彼は私の不利になるようなことはしないだろうけど……。

「様子見をさせてください」

「おや、警戒されてしまいました」

本当に残念そうに見えるのだけど、どういうつもりなの？

「ふん、当たり前だ。お前のように怪しい奴を見て警戒しない奴はいない。学園に侵入した時点で不審者だ。それに僕たちを襲った」

至極真っ当なノエル様の意見に内心、大きく頷いていた。

だって、怪しすぎるもの。

「襲った……。ふふ、俺と対峙出来る方がいらっしゃるとは思わなくて、ちょっとした児戯（じぎ）です。友人候補を見つけられたのが嬉しくて」

ふと、バタバタと廊下の先から足音が聞こえてきた。

助けに来てくれた!?

「時間切れ、ですね」

ふわりと微笑んだ彼は、私の手を最後に握ると、指先に口付けをした。

「はい!?」

「おまっ、何して！」

「ごきげんよう」

私とノエル様の反応を見て、機嫌良さそうに笑うと、彼はローブを翻（ひるがえ）す。

そして溶けるように闇へと消えていったのだった。

紅の魔術師が去った後、遅れて数人の先生方が駆けつけてきた。

全ては去ってしまった後だったけれど、鑑定系統の魔術を専門としている先生が確認したところ、精霊の魔力の残滓を認めたらしい。

「ふむ、つまり精霊と契約していた魔術師がいた、と」

「ああ。幸い、建物の被害はこの程度に抑えられたけど、この学園の警備は穴だらけなのか？」

ごもっともだが、ノエル様は相変わらず。先生に対する口の利き方ではない。

ビキっ、と額に青筋を浮かべている先生に気付いているのかいないのか、ノエル様はそのまま大雑把に報告していた。

「相手の目的は、光の魔力の持ち主の姿を一目見ることだったらしいぞ。まあ、何の気まぐれか帰ったけどな。大方、暴れられてすっきりしたんじゃないか？」

クリムゾンの魔力保有量がとてつもなく多いことや、私たちの隠形魔術すらも看破したこと、闇属性の魔力の持ち主であることなど、概要を説明し、ノエル様は最後に言った。

「もう帰って良いか？」

「ノエル様……」

この人、心臓に毛でも生えているのではないだろうか。

誤魔化すように私は提案する。

「生徒たちに危険が及ぶのが一番問題です。この後の対応についての話もしなければなりませんが、一度辺りを見回りした方が良いと思います。私も見回りますが、どなたか数人魔術師の目で確認していただいてもよろしいでしょうか？　それと生徒たちへの説明については先生方の判断に従います」

何か罠を残した可能性もある。ルナの目を通して見てもらっても良いかもしれない。パーティーは中止にすべきなのか、とりあえず何事もなかったように続行するべきなのか、その辺りは判断を委ねることにした。

クリムゾンは今日はもう来ないと思うけれど……。

彼自身が今日は止めだと言っていた。嘘もついていないとのことだし。

「ヴィヴィアンヌさん、甘えてしまって申し訳ないが、君の方でも見回ってくれないか？」

「はい。かしこまりました」

この場を離れようとした時に、先生たちがリーリエ様を守ることを優先にと話を進めているのを耳にした。恐らく、警備体制も大きく変わるだろう。

ゲームのシナリオと大きく変わってしまったのは、リーリエ様との出会いイベントがなかったことと、私たちがあの時居合わせたこと、そしてクリムゾンの気まぐれが原因なのだ。

これは良いのか、悪いのか……。

少しの出来事で大きく変わってしまう状況に身震いしながらも、周囲を探るために一階を見て回ることにした。

「ルナ。もし、異常があったら、教えてくれる？」

『了解だ』

特に仕掛けはされていないと思うが念の為だ。

「レイラ！」

「ノエル様？　帰るのでは？」

「ありがたく思え！　お前に付いていってやる」

どうやら付いてきてくれるらしい。素直さの欠片もないが、耳が真っ赤な時点でお約束のツンデレである。

二人で真っ暗な一階を見て回りながら、私は彼に尋ねた。

「ノエル様。私が精霊と契約していること、どうして先生に言わなかったのですか？」

ずっと気になっていたこと。

「……力があると利用されるからな。お前が良いように利用されるのは面白くない」

「ノエル様？」

真面目な声音だった。

「……それに、奇異の目で見られるのは、お前も嫌だろ」

ぽつりと気遣うように零されたそれは、ノエル様の優しさだったのかもしれない。

赤い瞳を持ったがゆえに、命を狙われた彼にとっては私のことを他人事と言い切れなかったのだろう。

「それにあいつはお前のことを誰にも話さないと言っていたし、僕もそれは嘘ではないと思ったし……。そもそも精霊と契約しているということを公表したところで、光の魔力の持ち主と違って、お前を守ってくれる者はいないんだ。むしろ、利用される危険性が増すだけで。精霊が守ってくれるだろうが、あまり知られない方が煩わしくないだろうし……僕も守るし」

ノエル様は小さな声で独り言のようにブツブツと理由を連ねていく。

最後の方はほとんど聞こえなくなった。

そして、顔をばっと上げたので、私はビクリと肩を震わせた。

「だから、殿下にも言わない。聞かれても僕の口からは言うつもりはない」

「ノエル様……」

「ジュエルムも僕たちが護衛するし、レイラを巻き込むことはしない。お前が強いのは知ってるが、女がわざわざ騎士をする必要なんてないんだ」

ノエル様は私を案じてくれていたのだろう。

「ハロルド様には、女騎士として勧誘されているのですけどね」

「あいつは頭の中まで筋肉なんだよ。お前の体の動きに惚れたとかなんとか言ってるただの馬鹿だ」

「そんな会話をされてるのですか？」

なんというか相変わらずのようだ。思わず苦笑をする。

そんな折、ルナが話しかけてきた。

『ご主人。潜入手段が分かったぞ』

「え、本当？」

「何だって？」

思わずルナに聞き返すと、怪訝そうなノエル様の声。

そうだった。ルナの声は聞こえないんだ。

あれ？　そういえば、私。クリムゾンの精霊の姿や声を聞いたような？

他の契約精霊の声や姿を確認するためには、属性が同じでなおかつ魔力が多いか、魔術の才があるかどちらかの条件を満たす必要があった。

魔力量は普通だし……、才能は……分からないけれど、もし才能があるなら火の魔術だってもっと簡単に使えたはず。

それとも魔力量が『多い』という基準は、そこまで高くないのだろうか？

それかあの精霊が自ら姿を現したか。もしくはルナと契約済みだから、見ることが出来た？

まあ、そこまで重要ではないかと私は考えることを止めた。

一瞬考え込んだ間に、ルナは私の影からぬるりと姿を現して、何を思ったか人の姿へと変身した。

「さて、ご主人とそのご学友。情報共有だが――」

「は？　あんた、レイラの従者とかいう」

「ああ。私は闇の精霊だ。ご主人からはルナと呼ばれている。以後よしなに」

黒髪の美丈夫が突然現れ、ノエル様は目を白黒させていた。

しばらくの間、ルナを観察していたが、やがて小さな声でぽつりと言った。

「殿下の勘ぐりは無用の心配というわけか……。恋敵がどうとか」

「はい？　殿下？　すみません、少し聞こえなくて」

「いや、何でもない。忘れてくれ。大したことじゃない」

「……？」

よく分からないけれど、そう言うなら、とにかく今はルナの報告だ。

「それで、ルナ。何か分かったの？」

「ああ。異空間を介して、中に侵入したらしい。形跡が少しだけ残っているぞ」

何の変哲もない壁をルナは指差した。

異空間。すなわち異界。普通、人が入ることが出来ない空間だが、たまたま紛れ込んでしまう場合もある。

それか何かしらの条件を満たさなければ入れないのが異界。人間の意思で行き来出来るものではない。

この世は表と裏で構成されていて、表が私たちの暮らす世界だとすれば、裏が異界。

異界は、神秘の生物や幻獣たちが住んでいるという。多くは解明されていない。

私たちの世界に時折現れる幻獣は、何らかの目的を持ってこの異界から一時的に移動してきているに過ぎない。

普段はなかなか見ることの出来ない生き物だが、確かに存在している。

ちなみに魔獣は、穢れから発生したり変異したりする存在なので、この異界からのマレビトではない。そのまま繁殖している魔獣もいるくらいだ。

「滅茶苦茶だな」

ノエル様の率直な感想に、私も頷くことしか出来ない。

「人間の意思で異界に入れるなんて……。警備体制も何もないですよね。それだと」

「ふむ。だから私も驚いているのだ。人間の身でまさか異界に出入り出来るとは、あの男。よっぽど才があるのかもしれん。さすがに私にもどうにも出来ないな」

ルナが純粋に驚いていた。ルナが驚くということはよっぽどだ。

「ルナとか言ったか。あんた、驚いているように見えないぞ」

「いえ、ルナは驚いた顔をしております。具体的に言うと、目が少し細められているし、眉が少し上がっています」

「別に聞いてないけどな」

しっかり訂正しておいたが、このつれない返事。

ルナはドヤ顔で返した。

「ご主人は私のことが好きだからな」

「何でも良いけど、それを殿下の前で言うのは止めろよ！　絶対だからな！」

びしっと、ルナに人差し指を突きつけるノエル様。

そして辺りを見回ったところ、他に変わったところはなく。

つまりは、異界を介してという、私たちでは何の対処も出来ない方法で侵入されたということしか分からなかった。

「……はあ、こんな滅茶苦茶なんじゃ、どうしようもないな」

「ノエル様。侵入されてからどう対応するかというのを主眼に置くことにしましょう。それを上手いこと伝えて迅速に対応出来るようにアドバイスをするということで」

「ご主人の意見に賛成だ」

出来ることをするしかないのだ。

もはや、ゲームの知識は参考にするのみだ。

前世のゲームの知識を鵜呑みにしてはいけないのだと、なおさら感じることになった。

それから数日。クリムゾン＝カタストロフィの侵入があってからというもの、警備体制が厳重になったのは言うまでもなかった。

防御膜や防御結界を張るのはもちろん、警備体制として、王立騎士団から騎士も派遣されることになり、さらに魔導騎士団からの騎士も派遣されるという。

この国の騎士団は魔術も使えるが、魔導騎士団はさらに魔術に特化した者の集まりである。

武術や剣では国の騎士団に一歩劣るが、その分攻撃系魔術のプロフェッショナルだ。

その物々しい雰囲気に学園内も騒然としてはいるものの、多くの生徒は不審者が侵入したということしか知らない。

狙われたのが光の魔力の持ち主とあっては、放置することも出来ないからだ。

とはいうものの、生徒たちは実技小テストもひっきりなしにあり、おまけにそろそろ一回目の筆記試験が開始される頃合だ。

世情や事件などにかまけていられるわけでもなく、話題にはされつつもどこか遠い世界を語るようだ。

そんな風に学内がざわめいていた、ある日のこと。いつもは手作りの弁当を食べている私だったが、たまにはカフェテリアで何かを食べるのも良いかと、足を運んでいた。

「レイラ様、ごきげんよう」

「まあ、ごきげんよう！」

名前だけは知っている侯爵令嬢に声をかけられ、こちらも挨拶して少し世間話をしながら、思う。当初は浮いていたけど、私も馴染んできたなあと。

年齢が原因だと思うけど、学園内で働いているというだけで私はかなり目立っていた。

以前はカフェテリアに来るとたくさんの視線が集まっていたものだけど、今は普通に挨拶されるか「カフェテリアに来るの珍しいな？」という視線を向けられるかどちらかになっていた。

「ご実家が功績を残したとお聞きしましたわ。レイラ様は直に侯爵令嬢になられるのでしょう？　ご結婚は考えていらっしゃるの？」

「……今のところは……まだですね。数年先にどこかに嫁ぐのではないかと思いますが……」

この手の話題になると声が小さくなってしまう。

令嬢は声を潜めて、楽しそうに提案する。

「王太子妃を狙う、というのはどうでしょうか？　あの男爵令嬢に譲るくらいなら貴女様が婚約者になっていただけた方が良いと水面下で話題になっておりますの」

私は目を剥いた。

「……っ、そんな話が⁉　ですが、身分的には……その」

貴女方の方が相応しいのでは⁉

どうしてこんなところまで婚約者の話が付いてくるのか。運命というか、作為的な何かすら感じてしまう。

「ヴィヴィアンヌ家は伝統ある一族で有名ですし、貴族の中でも最も純白な貴族として有名ではないですか。問題ありませんわ」

「……はあ」

先祖代々の当主の特徴なのか、ヴィヴィアンヌ家の当主は積極的に出世を狙わなかった。

平和主義なのか、日和見主義なのか分からないけれど、突出するでもなく、さりとて埋もれるでもない絶妙なポジションを守りながら生き残ってきたらしい。

つまりは、ものすごく空気を読むのが上手いか、世渡りが上手いのか、要領が良いのか。

あと、純粋に歴史が長い。

レイラが原作ゲームでフェリクス殿下の婚約者に収まったのも推して知るべし。

「どうなのでしょうね？　今のところ、そのような話は出ておりませんけれど……」

あえて戸惑ったような表情を貼り付ければ、令嬢はそれ以上推すことはなかった。

ただ、ヒソヒソと声を潜めながら話は止めない。

「あの男爵令嬢が妃になるのだけは嫌ですわ。礼儀作法も何もなっていないのですもの。最近、あの女が最有力候補だとか色々と言われているでしょう？　だから皆さん色々思うところがあるのですわ」

男爵令嬢とは、リーリエ様のことだろう。まさか、最有力候補という噂になっているとは。

今回のことで、リーリエ様の護衛が強化されたことが影響しているのかもしれない。

それを私にわざわざ言うということは、私という対抗馬を祭り上げるのではないだろうか。

そんな気配がビシバシ感じられるのが怖い。

そ、そうきましたか……。

つまり婚約者最有力候補の私の邪魔をするな、とかそういう口実でリーリエ様に文句を言えるようになるわけだ。

すぐにどうこう話題に上るわけではないだろうけど、きっかけがあれば何かありそうだ。

いやいや、私以外にいるでしょうよ！　こんなよく分からない働き方をしている私以外にも。

というよりも、皆さん私で納得してるの？

もっとこう、我こそは！　って人はいないの？　公爵令嬢の方とか！

はてなマークを浮かべる私に、ルナがぽそりと呟いた。

『ご主人が一番害がなさそうだからではないか？　それに、ご主人は神童などと言われているのだろう？』

「……」

どうしよう。尾ヒレがつきまくった弊害がこんなところに……。

それなりに教育は受けてきたけれど、王太子妃教育がどんなのかは知らないのに。

やはり後ろ暗いところのない、というのはどうやら大きな判断基準だったのかもしれない。

「令嬢たちの中でもガツガツしていないレイラ様なら良いという意見が多くて。あ、もちろん水面下の話ですので、出回って噂になっているということもございませんわ」

どうやら箝口令は敷かれているらしい。

当然だ。勝手に祭り上げられるのは非常に困る。

つまり私の意思次第ということだ。

「皆様方のそういったお言葉をいただけたことは嬉しいですけれど……」

はっきりと何かを言えば言うほどドツボに嵌っていく気配を察知したので、曖昧な物言いで誤魔化し、「初めて聞きました！　そんなの、予想外すぎて何も言えません！　恐れ多いです！」みたいな顔をしておく。たぶん、これは何を言っても不正解。

うう。肯定も出来ないし、否定も出来ない貴族社会の罠が恨めしい。

どうしよう。今のうちに婚約者を紹介してもらった方が良いのではないだろうか？

王太子とその周辺を除いて。

「あの男爵令嬢に持っていかれる前に！　狙うなら今ですわ！」

なぜ、発破をかけられているのだろうか。

私は今世こそ死にたくないのだ。

シナリオなんてあってないようなものだとはいえ、殿下と婚約者にさえならなければ、死ぬ確率はぐっと減る。予防は万全を期すのだ。

出来れば、彼との婚約は遠慮しておきたい。困りきった私は、話をすり替えることにした。

「あまり学園内の状況に詳しくないのですが、リーリエ様が王太子妃候補になっているのですか？」

「……不本意ですけれど、フェリクス殿下のおそばに最もいる女はあの方ですわ」

眉を顰めながらその令嬢は、嫌悪混じりで言った。

リーリエ様が一番そばにいる。

知っているけれど、かなり堪えた。

数分間の会話だったけれど、だいぶ疲労感に襲われた私は、カフェテリアでは少なめの食事を頼むことにした。

受付カウンターで食券を渡すと、引き換えに木で出来た番号札をもらう。

好きな席に座り、その番号札にかけられた魔術によって店員は席を特定するという方式だ。

先ほど、売店で購入した学術系の雑誌に軽く目を通していれば、『む？』とルナが何かに反応した。

何事かと思って顔を上げれば、ちょうど目の前の席にタイミングが悪すぎる人物が座ったのだった。

日にちにすれば二日ぶりの邂逅（かいこう）。

「レイラ、久しぶり。カフェテリアも使っていたんだね」

「フェリクス殿下。ごきげんよう。今日は良いお日柄ですね」

今日の天気は快晴。薬草を干すには絶好の機会。体感温度も最適。過ごしやすい一日になること間違いなし。

……お空が綺麗だ。

『ご主人、声に生気を感じられないぞ』

知ってた。

私の幸運値が最低値を振り切っているか、もしくは貧乏くじ体質なのか、それとも何かに呪われているのか。

先ほどの令嬢がこの状況を見ていなければ良いなと思った。ネタを提供してしまった気がする。

さり気なくさっと周囲を見渡すと、殿下の登場にわずかに空気が変わり、皆さり気なく動向を見極めているのが分かる。

「……どこに行っても私は注目されるようだ」

当然、殿下も周囲の変化には気付いておられるようで疲れきった声を出した。

この様子だと、水面下のあの噂についてはご存知ないようだ。

ご婦人やご令嬢たちの特殊な繋がりというのは、さすがに男性でも把握しきれていないか。

「怒涛でしたね。まさか侵入者がいるとは、私もノエル様も思ってもみませんでしたから」

周囲に牽制(けんせい)。事件について話をしているだけですアピールをしておいた。

効果はあまりなさそうなのが泣けるけど。

数メートル先の令嬢たちが、何かこちらを見ながらヒソヒソ話していらっしゃる。

あ、頭痛くなってきた。ついでに胃も痛い。食事を少なめに頼んでおいて良かった。

「レイラたちに何もなくて良かったよ。人が来るまで二人だけでよく持ち堪えたね。侵入者が手練ってていうのは聞いたよ」

「……ノエル様の防御膜のおかげです」

「あれ？　ノエルは君に助けられたと言っていたけど。……まあ、とにかく無事で良かった」

フェリクス殿下は、たったの二日でずいぶんとやつれたように見える。

「あの後、殿下も大変だったとお聞きしました」

リーリエ様が狙われているかもしれないというのと、学園の警備網に穴があったという事実が判明したせいで対応が大変だったらしい。

「ノエルが言っていたけど、異界を使われたら私たちも対応が後手になる。侵入された前提で算段を立てるのは癪だけど。正直、そうやって最善を尽くすことしか出来ないんだよね」

ノエル様は、私の精霊のことを言わずに上手く伝えてくれたらしい。あの時話し合った結論も。

「警備体制については私の叔父も関わっておりますので、生徒たちに何か起こることはないと思います」

「まさか、騎士を呼び寄せることになるとはね」

話しているうちに、先ほど頼んでおいた紅茶とパンケーキが運ばれてきた。

殿下の方にもランチセットがちょうど運ばれてきたところだ。

「レイラ、それだけで足りる？　それは昼食？」

「お気になさらず。甘いものが食べたかっただけですから」

すみません。昼食はこれで済ませようとしていました。

うん。学園のカフェテリアの飲食物って一流のシェフやパティシエが作ってるから美味しいんだよね。紅茶を口にして、ほうっと息をついた。

零れ落ちた髪を耳にかけていれば、ふと、こちらをじっと見ていた殿下と目が合った。

「どうかされました？」

「いや、何でもない」

「……？」

視線を感じたけれど、何かを話したいというわけではなさそうだ。

すいっと不自然に目を逸らされたことを不思議に思いつつも、私はすぐに流した。

「他の皆様方はどうされたのですか？」

噂によれば、リーリエ様とは常に一緒だと聞いていた。

女子生徒はともかくとして、男子生徒からはお似合いの二人だと話題に上ることも多いという。

これも医務室でたまたま耳にした噂だ。

私がリーリエ様と殿下の間を邪魔しているという変な噂が立たないことを祈る。

「いつも通り外で昼食が出来るように整えてもらっているんじゃないか？　たぶんね」

言い捨てるみたいな投げやりさを感じた。

四六時中リーリエ様のそばにいるのは疲れるのかもしれない。

他のメンバーは交代制らしいけれど、噂を聞く限りだとフェリクス殿下はいつも共にいるらしいから。

せっかくの学園生活もこうして護衛に徹することになっていて。

そして、日頃の鍛錬や勉学、執務。

このお方、趣味はあるのだろうか？　ストレスとか平気なのだろうか？

だいぶ参っているだろうに、殿下はそれをあまり表には出していないようだ。

リーリエ様はずっと、殿下に構ってほしいみたいだったけど、殿下だって一人の時間が欲しくなったりするかもしれない。誰もいない、無言の時間というのも大切だから。

人と人が共にいたとして、ずっと会話をしなければならないという義務もない。

お互いに、ぽつりぽつりと会話をしつつ、言葉少なめに時間を共有していたのだけれど、ふと私は提案した。

「気晴らしになるおすすめの本をご紹介しましょうか？　男性の方も楽しめるような本が……」

綺麗な挿絵のついた、疲れた大人向けの本はどうだろう？

詩篇や古典などを題材としていて、美麗な絵も同時に楽しめるという、美術的な観点からも話題になっているシリーズ。

視界から癒やすというのがテーマらしい。文字が小さすぎないのも良い。

本を読む行為というのは、本と自分だけの世界に入り込むことを意味する。簡単に言えば、本を読んでるんだからそっとしといて！　作戦である。

普通の人なら、本を読む相手に話しかけづらいのだから。

そんな目論見もあって提案したのだが、返ってきたのは予想外の言葉だ。

「レイラが最近、読んだ面白い本を教えて。文字が多くても難しくても良いから」

「はい？」

「レイラと共通の本の感想を語り合えたら、楽しそうだと思って。本当に何でも良いから」

真っ直ぐな瞳に囚われた私は、とっさにこくりと頷いてしまった。

殿下はふっと今日初めて、気の緩んだような微笑みを浮かべて。

「良かった」

本当に嬉しそうな声でそんなことを言ってきた。

たまに殿下はよく分からない。

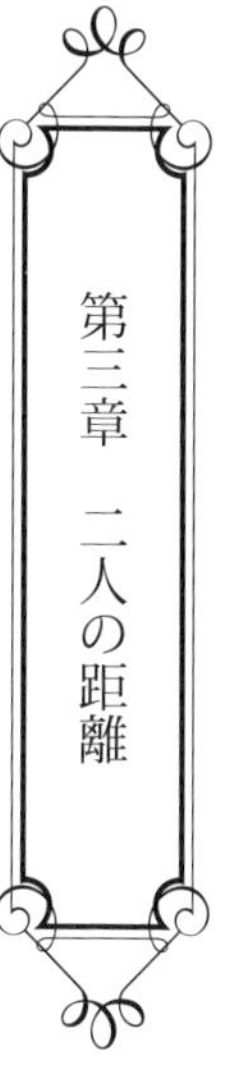

第三章　二人の距離

筆記試験一週間前。前世でもあった、中間テスト前の独特な雰囲気は、ここでも変わらない。叔父様に頼まれて、図書館の本を数冊引き抜いていると、必死になって教科書に齧り付いている生徒たちをたくさん見かけた。

「……」

友達同士で勉強か。青春っぽくて良いなあ。

私は実技試験のみを受けることになっているので、筆記試験期間中は医務室で通常業務だ。叔父様がご所望らしい記述は専門資料の中にあるので、それを目で追って探していくのだ。

どこか空いている席がないかと探していれば、遠くから手招きされていることに気付いた。

私を呼ぶのは、どこかで見たことがある二人だ。

「ノエル様にハロルド様ですか。珍しい組み合わせですね」

「どうやら仕事のようだな。俺たちと相席で良ければ使うと良い」

「ありがとうございます！」

チラリとノエル様を見れば、特に何も言わないので拒否はされていないことが分かった。

丸机に辞書や参考書が置いてあって、たった今試験勉強中らしい。

私も資料を探さないといけないと、本を早速開いていくのだけれど。

「何で分からないんだ、あんたは」

「ちょっと、待ってくれ。すっ飛ばしすぎだろう。どうしてそうなったのか教えてほしい」

いつも以上に機嫌の悪そうなノエル様といつも以上に仏頂面のハロルド様。

どういう状況なのかと思いきや、どうやらノエル様がハロルド様に数学を教えているようで。

着実に進めていくコツコツタイプのハロルド様はしっかりとした解説を求めるのだが、天才型のノエル様の教え方は、天才ゆえに壊滅的な代物だった。

これ、人選間違えたんじゃ？

「他の方々は？」

「は？　ユーリ殿下はどっか逃げたし、フェリクス殿下はあっちだ」

ここから数メートル離れたところにフェリクス殿下とリーリエ様が勉強している姿を見つけた。

彼らはこちらに気付いていないようだけれど……。

二人の並び姿からさっと目を離して視界から追い出した。

最近、いつも一緒なんだよね。二人。

「……」

落ち込んでいる場合じゃないと、頬をぱんっと叩く。

いつものことだ。いつものことなのだもの。とりあえず、目の前の惨状をどうにかしよう。

教え方がめちゃくちゃなのは、過程を見れば察することが出来た。

ノエル様の場合、省略式や簡易式……それも独自のものも入っていたりするから筋金入りだった。

「ハロルド様、少しよろしいですか？」

「あ、ああ」

ハロルド様が身を引いて、私にも手元が見えるようにしてくれる。

そっと身を移動させつつ、私は防音魔術を使って、私たちの会話が辺りに響きにくくなるように調整した。図書館なのでうるさくしないように気をつけないといけない。

せっかくだもの。しっかり教えますか！

何だか放置するのもアレだったので、ひょいとハロルド様の手元の計算式を覗き込んでみる。

ふむ。応用問題。しかもこれ、けっこうな難易度だ。

「ハロルド様。この部分ですが……ひっかけです。ノエル様はすぐに気付いてすっ飛ばしたようですが、普通はここで間違うのです」

ノエル様が天才すぎるだけなのだ。

ペンを借りて、横に付け足していけば、ハロルド様はハッと目を見開いている。

「私の時も先生は似たような問題を出されていました。隣に関連の公式を書きますね」

順序立てて数式を書いていくだけで、ハロルド様は理解する。

何度か質問されて、教科書を駆使しつつアドバイスをしたが、とりたてて特別なことをしたわけではない。

つまりは、解けなかったのはノエル様の教え方がとんでもなくド下手だからである。

以前の件で私は身をもって知っている。

「なるほど。後は自分で出来そうだ。後はやってみる。ありがとう、レイラ君」

すっきりした顔のハロルド様と、微妙な顔をしているノエル様。

「僕が教えてあげたのに、なぜだ？」

彼は本気で不思議がっている。だからノエル様の場合、教え方が……。

納得いっていないノエル様。

こればっかりは仕方ないと慰めようとしたが、何を言っても角が立ちそうなので止めておいた。

「あの、レイラ様。私たちも教えていただいても良いでしょうか？」

「応用問題があまりにも複雑すぎて……」

医務室で数回見たことある女子生徒や男子生徒が、困り顔でこちらに声をかけていた。

「まだ、席は空いているから使えば良いだろ」

ノエル様が憮然(ぶぜん)としたまま、同席を許可してくれたので私は彼らを手招きした。

私が勉強を教える相手が、ぱあぁあああっと顔を輝かせているのを見たからだろうか。

私の周囲には他の女生徒たちも何人か集まってきた。

和気藹々（わきあいあい）としながら少しだけアドバイスをしたり、ちょっとした雑談をしたり。

こういうのは、少し学生っぽいかも？　友達同士の教え合いっことか、よくあるよね。

私は生徒の立場ではないけど、放課後に図書室で勉強を教えるというのは青春イベントかもしれない。

『ご主人、楽しそうだな』

私は、普通の学生生活に憧れているのかもしれない。

今のこの立場を選んだのは私だけれど。

口元を綻ばせていればふと、目の前の女子生徒――子爵令嬢らしい――が私の顔をまじまじと見つめてきたので、少しドキリとした。

「どうされました？」

じっくりと観察されるのは少し恥ずかしいと思っていれば、目の前の令嬢は私の眼鏡をそっと摘んで外していた。

「……!?」

「やっぱり！　レイラ様、絶対美少女だと思っていたの！」

「あっ、待って……外すのは！」

「これ、度が入ってないわね？」

それはもう大いに慌てた。

もちろんすぐに取り戻して、眼鏡をかけ直したけれど、突然の行動すぎて……。

この学園に来てから素顔を見られることはあまりなかったので、思わず俯いていたらハロルド様に声をかけられる。

ぽそりと、他の誰にも気付かれないくらいの声で言ったのだ。

「レイラ君。あんたは、綺麗だな」

真顔でこの人は何を仰るの！

「恥ずかしがらずとも、堂々としていれば良い。あんたは綺麗だ。思い悩む必要はないのだ。自らの殻を破るのもまた試練なのだから」

恥ずかしい台詞を正面切って言うのがこの人のすごいところだ。

照れなどないのかと思いきや、どうやら頬が若干赤い。自分で言って恥ずかしくなったらしい純情騎士ハロルド様。人並みに照れ、修行をこよなく愛する少年。

そして、隣のノエル様は先ほどから私の顔を見ないので表情が分からない。

「……？」

不思議に思っている私にハロルド様がまた声をかけてくれる。

「もし、修行に付き合ってほしい時は言ってくれ。体を動かすと見えることもあるだろう。もう一度言うが、思い悩む必要はないのだ」

気遣ってくれているようだ。何か誤解されているようだけれど。

どうやら私は、人生に思い悩んだ結果、顔を隠すようになったらしいと勘違いされている。

何しろ、伊達眼鏡だもの。何か色々誤解されたのかも。

慌てて周囲を見渡して、フェリクス殿下やリーリエ様のいた席を見やり、こちらに気付いていないことを確認してから、自ら防音対策をしていたことを思い出す。

そうだ。自分でさっき、話し声でうるさくならないように念の為って思って……。

気付かれないのも当たり前だ。少し前の私、ナイス！

チラリと、目線は向かってしまう。二人は何を話しているのだろう？

こちらはこちらで勉強会をしているというのに、二人きりのフェリクス殿下とリーリエ様が気になって仕方ない。

リーリエ様に勉強を教えていらっしゃる。それにしても本当にいつも二人きりなのね。

まるで個別ルートに入ったみたいだ。二人きりの勉強会というのもスチルであったし。

彼らの恋模様は知りたくないのに、気になって仕方なかった。


そして次の日。同じような時間帯。

この日は叔父様に追加資料を頼まれて、図書室へと赴いていた。

以前と同じような時間帯の放課後だ。

つまり、再び似たようなシチュエーションの彼らを見る羽目になったわけで。

ちょうど彼らの近くの本棚の資料にも用があったので、堂々と盗み聞きが出来ていたのは幸いなのか。……何をしているんだろう、私。

「フェリクス様、教えてくれてありがとう。だから、今回すごく頑張ったつもり」

「……うん。お疲れ。私も応援しているよ」

穏やかなやり取りに聞こえる。

「最近、フェリクス様がずっとそばにいてくれるから、安心して毎日を過ごせるのが嬉しいな。もちろん狙われるのは怖いけど、前向きに頑張ることにしたんだ」

リーリエ様の真っ直ぐな言葉に、殿下は何を思うのだろう？　私は今、胸の奥が締め付けられて仕方なくて。

彼がリーリエ様に何を言うのか気になって仕方なくて、思わず耳を澄ませた。

最近、リーリエ嬢と二人きりが多いな。

私が最近、思うことはそれだ。

それなりに忙しいというのに、なぜかリーリエ嬢の相手は私という流れになっているのは気のせいか。

無愛想だったり口が悪かったり、兄を優先しすぎる面々を思い出すと、これは消去法か？と思わないでもないけれど、リーリエ嬢自身が私を追ってくるからという理由が一番しっくりくる。

あと、男子生徒辺りが、私とリーリエ嬢を二人きりにしようと気を遣っている。

ちなみに、リーリエ嬢に対する女子生徒の目には恐ろしいものがあったが、令嬢たちも、わざわざ問題を起こすことはしなかった。事態を静観しているのだろうな。

――まあその結果、私たちが良い雰囲気になっているなどという噂が立っているわけなんだけど。

まさかリーリエ嬢が、本気で王太子妃を狙うなんてないと……そう信じたい。

そして今もまた、二人きり。

「フェリクス様。この部分の文法ってどっちの意味なのか分からないんだけど……」

「ああ、ここは。分かりにくいと思うけど、助詞の意味から推測すると、用法一になる。意味から推測しないと分からないと思うから、語彙力を上げるしかないかな」

「ええ……文法なんだから、そんな曖昧な……」

リーリエ嬢はぼやきながらも筆記用具を動かしている。

「……そういうものだからそう覚えてくれると嬉しいかな」

外国語と古代語は基礎から教えつつ、何か分からないことがあったらその都度、声をかけてほしいと伝えていた。

何か不明点があればアドバイスをするという形で、今日も今日とて勉強会なるものを二人きりで開催している。

人に教えるのは自分では得意ではないと思っているが、リーリエ嬢曰く、メンバーの中では一番教えるのが上手いそうだ。

ユーリは入学前なので例外ということにしておいても、ハロルドなら教え方もそれなりだと思うのだが、彼女は私に相手を頼んできた。

ハロルドやノエルは共に勉強しているらしいし、もう全員で勉強すれば良いのではと思うが、なぜか私はリーリエ嬢と二人きりで勉強していた。

どうしてこうなった？

二人きりにされるのは不本意で気が重かったが、王太子たる者、それを表に出してはならない。

リーリエ嬢が私ではない他の者に好意を抱いていれば、この状況も違ったものになっていただろう。私が選ばれたのはリーリエ嬢の意思で、全ては偶然なのだ。

……さすがに、リーリエ嬢から向けられる好意がどういうものかは分かっている。

直接的に何かを言われたことはないから、こちらも何も言わないけれど。

溜息をつきそうになるのを堪えながら、手元にあった本を捲る。

海外文学の原文。だから隣にいるリーリエ嬢は、私が何を読んでいるか分からないだろう。

思わず口元に笑みを浮かべた。

まさかリーリエ嬢も、この私が恋愛小説を読んでいるとは思わないだろうな。

レイラに最近読んだおすすめの本を教えてほしいと強請り、そうして彼女が数冊出してきた本のうちの一冊。

最近話題の本格ミステリーと、古代魔術の論文集、そして海外の恋愛小説。

私が最近話題の本格ミステリーを選ぶだろうと思っていたのか、恋愛小説を手に取った瞬間、レイラは虚を突かれたようだった。

普段は落ち着いた大人の女性の雰囲気を纏ったレイラが年相応の表情を見せるのは、こう……少々胸にクるものがある。

『ええっと、本当に良いのですか？　完全に私の趣味ですし、あの……女性向けですし』と狼狽していた彼女に、『私はこれが良い』と言い切り、持ってきた本。

レイラの恋愛観にも興味があり、少しの下心があったのは否めないが、狼狽しきった彼女に本の感想を言うのが楽しそうだったので、あえてコレにした。

それにしても、この小説に出てくる男の執着は凄まじいな。

ちょうど、主人公の女性が監禁されたところを読んでいるが、この相手役らしき男は年齢の割になかなか過激なことをする。恋愛サスペンスだと目を逸らしながらレイラは言っていたが、それにしても。

レイラがこれを読んだというのも、それはそれで……。

新たな彼女の一面になぜか胸がときめいたが、とりあえずその感情は奥に仕舞っておく。

気付かなくても良い自分の新たな一面に気付くのは嫌すぎるので。

その本を読みながらリーリエ嬢の勉強の相手をしていた私は、ふと顔を上げてみる。

「……？」

先ほど、ハロルドやノエルが勉強していた机の周りには数人の生徒たちが集まっていた。

女子生徒や男子生徒のどちらも集まっており、あの二人にしては珍しい光景だと目を見張って、すぐにその理由に気付く。

――レイラ？

すぐ近くの椅子にレイラがちょこんと座っている。

彼女の叔父にでも頼まれたのか、何冊か専門書が置かれており、書物にはたくさんの付箋が付いている。恐らく、叔父に使いパシリにされて研究の手伝いでもしていたのだろう。

その彼女は、どうやら今の私と似たような状態らしい。つまり、ハロルドやノエルに勉強を片手間で教えていたが、他の生徒たちも便乗。

そのまま、自分の仕事を中断して勉強を見ているというわけだ。

放課後に彼女の仕事がどれだけあるのか分からないが、その分仕事は遅れるだろう。

ただ、レイラの表情はどこか明るくて楽しげで。趣味を楽しんでいる時とはまた違った雰囲気だ。

まるで、年相応な学園の生徒みたいな。

少なくともこの状況を嬉しいと思っているのは間違いない。普段はきりっとした女性の顔で仕事をする彼女が、同い年の者たちに囲まれている。

それはごく普通の友人同士の一幕。

学園で、生徒たちが試験前に勉強を教え合うという日常の光景。

改めて思うけど、レイラはどうしてこの年齢で働いているのかな。

もし、レイラが普通に学園に入学していたら？　思わずそんな空想をしてしまうような光景が目の前にある。

何を話しているか分からないけれど、ノエルが文句を言い、ハロルドが余計なことを言ったのをレイラが宥めるという、どこか楽しげな空間。周囲の生徒たちも笑顔を見せている。

楽しそうだ、な。

防音対策の魔術のせいで何も聞こえてこない。それが私と彼らの間にある境界線のようにも思えてしまった。

一種の疎外感。胸の中に隙間風でも吹くような感情。ふと立ち上がろうとした瞬間だった。

「ねえ、フェリクス様。出来たよ」

「……！　あ、ああ」

ドクンドクンと心臓が嫌な音を立てている。

私は何を。立ち上がって今から彼らの元に向かって、私が声をかけたところで、空気をぶち壊すことは理解していたのに。

「どうしたの？」

「……いや、何でもないよ」

なぜ、私はここにいるのだろう。ふっと自嘲の笑みを浮かべてから。

「だいぶ、進んだようだから私はそろそろ失礼しようかな。後は私がいなくても出来そうだ」

「えー！　行っちゃうの？」

「王城に執務を残していたのを思い出したんだ」

嘘だ。必要な書類は運ばせているし、わざわざ戻る必要などない。

私情だ。ただここにいるのが酷く苦痛だったから。

渋るリーリエ嬢を宥め、あちらの席の皆には声をかけることなく、王城へと戻った。

執務室に戻った時、外はもう暗かった。部屋に魔術で明かりを灯すと、自分の影が壁に映って揺らいだ。

溜息を吐き出しながら、私は冷たい椅子に座って項垂れる。

「私は、何をやってる……」

前髪をぐしゃりと軽く乱しながら、突っ伏していれば、コンコンコンと元気なノックが。

「しっつれいしまーす！　殿下ー？」

底抜けに明るい声に、私はガバリと起き上がって姿勢を正した。

「リアムか」

ドアを開ける音の後、己の護衛であるリアムがひょいと顔を見せた。ツンツンと跳ねた茶色の髪に愛嬌のある茶色の目。年齢は私より上だが、童顔の彼はまるで年下のように見える。

「珍しいっすね。今日、殿下がここに戻るとは思ってなかったっすよー」

軽い口調は、二人きりの時にされるもの。飄々(ひょうひょう)として掴みどころがないように見えるが、公衆の面前ではまともな従者のフリをするので、大目に見ている。

護衛としては腕が立つし、人前でそれなりの対応が出来るなら問題ない。

学園内や課外授業はともかくとして、私が出かける際はリアムが影から付いてくることになっているので、まともな口調で話す彼を見る機会はあまりないけれど。

陰ながらの護衛なので、基本は人前に姿を現さないのだ。

「明日が期限の書類を忘れていたんだよ」

「ふーん？　まあ、良いや。適当に食事でも頼んどきますよ。なんか殿下、ずいぶんとお疲れのようっすね？」

「まあ、ね。ちょっと、いや……まあ色々とあって」

「なるほどー。少しへこんでるわけだ」

どうやら今の自分は落ち込んでいるように見えるらしい。顔に出しているつもりはなかったが。

私もまだまだだな。顔に出るなんて。

「殿下、もしかして失恋とか？　それか、仲間外れにされたとか？　まあ、冗談っすけど――」

「……」

「マジで？」

いや、違う。失恋じゃない。仲間外れにされていたわけでもない。

「悩み、俺で良ければ聞きますよ。好きな子についてなら協力もしますし！」

慌てているリアムには悪いが、これ以上聞かれたくなかったので話を逸らすことにした。

レイラが貸してくれた小説で読んだ監禁男の話題を出してみたら「殿下！　好きな子を監禁しちゃ駄目だ！　殿下の場合、それが出来るから駄目だ！　恋愛相談はしたことないけど、俺話なら聞くから！」などと誤解をされた。

完全に話題を間違えた。

問題ないから大丈夫だと繰り返し、貪るように書類を整理していて気付けば朝になっていた。

図書室。そこで交わされるフェリクス殿下とリーリエ様の会話。

こっそり耳を澄ませている自分は、本当に何なんだろう。

リーリエ様は健気なのか、フェリクス殿下に自分の熱意を伝えていた。

「守ってくれる恩返しに将来役に立つためにも、勉強はしっかりしないとね！」

「……そう、頑張って。学んだことは人生の糧になるからね」

私はというと、フェリクス殿下たちが勉強している丸机の近くの本棚に姿を隠していた。

この辺りの棚に用があるのは本当だから、断じて職務怠慢ではない。

少し耳が声を拾ってるだけで。少し息を潜めているとはいえ、別に疚しいことはしていない。

「光の魔力持ちだし、精霊とも契約しているから、フェリクス様の役に立つことも出来ると思うの」

「……無理に役に立とうとしなくても良いんだよ。貴女がやりたいと思うことを優先して？」

対する殿下の声は落ち着いていて、ゲームの時とも違う声音だし、話している内容も違う。

それにしても……リーリエ様は天真爛漫で素直な人だ。

何を会話するにしても、まず相手の出方を窺う私とは真逆の性格。

その真っ直ぐな性格も、その立場も羨ましいと思ってしまうところが、私はヒロイン向きではないのだろう。私だって十分恵まれているのに。

溜息をつきながら背表紙の文字を指でそっと辿った。

ゲームのシナリオ通りにフェリクス殿下と私が婚約していたら、きっと悲惨なことになっていたかもしれない。

何しろ私の性格はあまりよろしくないからだ。

婚約者なんて甘い夢を見ていたら、その夢に押し潰されて現実でも苛まれていただろう。

「婚約しなくて良かったな……」

ぽつりと呟いて誰にも聞こえないはずだった。

「おや、貴女は婚約をお受けにならなかったので？」

真横に満面の笑みを浮かべる黒髪金瞳（きんどう）の男。

一瞬誰かと思いきや、黒の髪の毛が一瞬だけ紅色に変化をしたのを見て、私は思わず本を落とした。

少し前に出会った侵入者のクリムゾン＝カタストロフィの顔をした男が目の前にいたのだ。

また、異界を通じて侵入してきたとでも言うの？

「なっ……何で」

クリムゾンは、何も言えない私の近くにすっと顔を寄せると、内緒話をするみたいに囁いた。

「俺の名前はクリムゾン＝カタストロフィです。俺が俺だけのために付けた名前ですから。だから、誰も俺の名前を知らない」

つまり、この名前を公表したところで意味がないと言っているのだ。

そして、この男は、自分のためだけに付けた名前をヒロインに教えるのだ。本来は。

それをなぜ私に教えるの？　リーリエ様と出会う前に私に出会ったから？　私は無垢でも純粋でもないし、どちらかと言えば性格は歪んでいる。

「ふふ、貴女と俺は似ていると思うんです。同族、同輩？　同胞でしょうか？　とにかく似た匂いがします」

なぜ校内にいるの？　そしてこの言葉もゲームにあるなんて聞いたことない。

私が興味を持たれた理由は精霊を使って少し戦ったからかもしれない。

私から身体を離した彼は紳士的に微笑むと、藪から棒に再び問いかけてきた。

「ところで、レイラさん。貴女結婚を止めたのですか？」

「あのっ、声が大きいですよ！」

なぜ、その話題を言うんだ。しかも、私がここにいて、この男と結婚の話をしていることがフェリクス殿下にバレたじゃないか。

その証拠にぽつぽつ聞こえていたはずの殿下の声が先ほどから聞こえなくなった。

少なくとも私がここにいることはバレた気がする。

「話は違うところで聞きますから」

「俺はどこでも良いですし、何でも良いですよ？　ふふ、貴女に会うという目的は達成出来ましたし」

なら帰ってくれないだろうか？

とりあえず手元の資料を全て借りることにして、その場を離れれば後ろをひょこひょこ付いてくる背の高い魔術師。

物珍しそうに周囲を観察している彼に気付く者はいない。

いつの間に使ったのか、隠形魔術を。私たちが使うものと比べ物にならないほど、精度は上だ。

叔父様がいることを期待して、医務室を覗いてみるけれど、案の定誰もおらず肩を落とした。

この人を視認出来る人、いないかしら？　それか穏便に帰らせる方法を知りたかった。

今のところ特に害はなく、私以外に声をかけているわけでもない。だから騒ぎにするのも、はばかられる。

どうしたものかと思案していれば、彼は私の前に回り込み、「では、俺は帰るので」と早口で言うと、目の前で忽然と消えた。

え？　消えた？

「……もしかして今この時に異界に消えてる？」

『高度な精霊反応があったから、その可能性が高い』

ルナが言うからにはそうなのだろう。突然現れて特に意味もなく消えていくフリーダムさには呆れるけれど。

とりあえず名前を教えてもらったのは予想外の展開で、しかもこちらの名前も知られていた。色々と原作ゲームと違いすぎて、とても参考にならない。

「……仕事しよう」

借りてきた本を机の上に置いて、再び図書館に戻ろうと医務室のドアを開けた瞬間、目の前に人がいた。ちょうど相手もノックをする寸前で、どうやら鉢合わせしたようで。

「きゃっ！」

「わっ！」

ぶつかりそうになってお互いに驚いていて。

私の方も驚いた。先ほどまで図書館にいた相手だったからだ。

「フェリクス殿下？　どうかされたのですか？」

先ほどまでリーリエ様に勉強を教えていたはずの人がすぐ目の前にいた。もしかして、クリムゾンは殿下の気配を感じたから出ていったのかもしれない。

「迷惑なら詮索は止めるけど、さっきの大丈夫だった？　切羽詰まった様子だったから気になって」

医務室の中を覗いているのは、他に誰かがいるか確認しているのだろう。

まさかすぐに殿下が来てくださるとは思っていなかった。

どうやら私のことを心配してくれたらしい。婚約とか結婚とか会話内容はアレだったけど。

「客人はすぐに帰りました。どうやら私をからかうことが目的だったらしく」

他になんと言えば良いのか分からない。クリムゾンが来ていたことを伝えても、特に意味はなさそうだ。目の前で異界に移動してしまった瞬間を見ただけ。

予想していたよりも簡単に、それも呆気なく、異界へと消えていったので微妙な気分になった。

「からかう……？」

クリムゾンの意味深な発言を聞いてからかっているだけとは思えなかったのか、彼は戸惑いつつも訝しげな声で。

「大丈夫ですよ。本当にそれだけです」

「……そう？」

納得しているように見えなかったが、彼はそれ以上は追求をしないでくれた。

それよりも私は他のことが気になっていた。

もしかして、殿下、寝ていないの？　目の下にクマが薄らと出来ていて、疲れているように見えるのだ。

「それよりも、殿下。少しお疲れではありませんか？」

「……なら寄っていっても良いかな」

「はい」

患者用のベッドに案内して彼の肩を少し押してみると、抵抗なくベッドに沈んだ。

うん。これは寝かせた方が良いだろう。

「酷い顔色です。少し仮眠を取るのはどうでしょうか？　リーリエ様の勉強も、あとは彼女自身が頑張ってくださるでしょうし」

「そういえば、さっきすぐ近くにいたから驚いたよ」

ベッドの中で寝る体勢になった彼だけれど、まだ眠る気にはならないのか、横たわりながらすぐ近くにいた私へ目を向けていた。

私は小さな椅子を持ってきて、ベッドの横で腰掛ける。

すぐに寝かせた方が良いのだろうけど、殿下はまだ寝なさそうだ。

「……叔父に資料集めを頼まれておりました。その当の本人はここにいないのですが」

盗み聞きしていたことを咎められる流れだったら、どうしよう。

いまさらながら自分が私的な理由でとんでもないことをしていた事実に内心震える。

だって、二人が何を話しているのか気になって仕方なかった。

二人は噂通りの関係なのか、とか。

そんな風に思ってしまうからか、私の口は余計なことを紡ぎ始める。

声が白々しくならないように、嫉妬深くならないようにと、そればかり意識した発言だった。

「お二人はよく勉強を一緒になさっているようですね。お二人の仲が親密そうなのを目にすると、青春って感じで羨ましいです」

私は明るく言ったつもりだ。心が洗われます！　とついでに付け足そうとして止めた。

心が洗われるどころか、心が荒れ狂うというのに。嘘に嘘を重ねた台詞なんて薄っぺらいだけ。

実際のところ、私が羨ましいと思っているのは、リーリエ様なのだけれど。

だからこの言葉もあながち嘘じゃない。でも、我ながら酷い迷走具合だ。

殿下に「そうだね」とか肯定されたら私はしばらく立ち直れないかもしれないのに、何を言っているんだろう。

この想いは仕舞い込むのを決めたはずなのに時折、未練が疼いて仕方ない。

無言の時間がキツイ。

だからちらりと様子を窺ってみて、私は戸惑った。

「親密そう……ね。貴女には、そう見えるの？」

「あ……」

苦しそうな顔と同時に彼は傷付いた表情を浮かべていたのだ。

私は今、どうやら彼を傷付けたらしかった。

私は二人の仲について何も知らないのに、余計なことを言ってしまったのだ。

ベッドの中、こちら側に体を傾けて私を見上げるフェリクス殿下は、一瞬傷付いた表情を確かに浮かべていた。

人の顔色ばかり窺っていた私は負の感情にとても敏感で、殿下のそれにも気付いてしまった。

一瞬だけ浮かべたそれは、何事もなかったかのようにすぐに引っ込められ、彼は今度は困ったような苦い微笑みを浮かべていた。

その変わりようにぞっとした私は、とっさに殿下の手をぱしっと掴んだ。

今の殿下の苦しみの表情には既視感があって、この手の苦しみを見逃してしまえばどうなるか私は知っていた。それは、前世から蓄積された経験による条件反射だった。

この表情は、駄目だ。この人は、溜め込むタイプの人間だ。

そういう性質の人は隠すのがとても上手い。表面上からはなかなか気付かれないから後回しにされて、後々とんでもないことになる。

「レイラ？」

きょとんとした表情は、少し無防備で、その瞬間私はハッとする。

私は何をしているの!?　殿下相手にいきなり手を掴むなんて無礼を！

「ご、ごめんなさい！」

前世の感覚から現在の感覚へと戻り、私は青ざめる。

私はぱっと掴みかけた手を離して距離を取ろうとしたのだけれど、そうは簡単にいかなかった。

「待って」

ぱしっ、と今度は私の手が掴まれた。

ビクリと身を震わせる私に構うことなく、フェリクス殿下は手のひらを重ねてきた。

しかも、だんだん指と指を絡めるような繋ぎ方になっていって。

え？　何これ。

呆然と固まっているうちに、最終的には恋人繋ぎになっている。

「……」

しかもガッチリと繋がれてなかなか外すのは難しそうだ。

「大丈夫だよ。私は消えたりしないから安心して。ただ……少し疲れただけだ。……でもどうやらレイラは私の感情を読み取ったようだから、少しだけ話を聞いてもらおうかな？」

「はい。……私でよろしければ」

押し隠そうとした感情を私は偶然にも暴いてしまったらしい。

さっきのは、とにかく放置してはいけないと思ったがゆえのとっさの行動だった。殿下の苦しみに気付いたことを当の本人に気付かれてしまったようだ。

安堵(あんど)したような吐息の後、私の手を軽くにぎにぎしながら殿下は語り始めた。

「今、リーリエ嬢と恋人同士だという噂が立っているのは有名だと思うけど」

「そうですね。よくその話題を耳にします」

「先に言っておくけれど、それは私にとっては不本意なんだ」

思っていたよりもハッキリと否定された。

この部屋にいる人間が私たちだけで良かったのかもしれない。

「二人きりになっているのは、たまたまというか、偶然というか。自分でも何を言っているのか分からないけど、とにかく私の意思じゃない」

詳しく話を聞いてみると、どうやらリーリエ様と二人きりになるという空気が出来上がってしまっているらしかった。

その結果、何をするにも一緒で、授業すら一緒に行動して、隣を向けばいつもリーリエ様という日々だったらしい。

ゲーム補正か何かに近い強制力すら感じられる。一瞬それを疑った。

ハロルド様やノエル様が、無意識に彼らを二人きりにしているのも、何か理由があるのか偶然の産物なのか。周りの男子生徒たちの変な気遣いは何なのか？

全ては偶然なの？

「リーリエ嬢は、私にはっきりと好意を示してきている」

「……周りの男子生徒たちに変な気遣いをされているのは、そういう理由なのでしょうか？」

「たぶんね。気遣われているんだと思う」

つまりはカップルを応援する態勢に入っているということか。

あるよね、そういう空気。学生ならではの。

男子生徒からの評価が高いのは、リーリエ様の貴族令嬢らしからぬ振る舞いが珍しくて目を惹いたのかもしれない。彼女、初対面でも明るくて笑顔だものね。

「驚くかもしれないけれど、女子生徒たちからは特に何もないんだ」

女子生徒が本格的な虐めや嫌がらせをしないのは、私が以前やった活動の成果かもしれない。医務室で女子生徒たちの話を聞いたり相談に乗ったり……。

もし、リーリエ様に目立った嫌がらせがあったら、さらに状況が悪化していた可能性があると考えると笑えない。少なくとも、殿下の疲労はさらに増していたかもしれない。

過去の私にありがとうと言いたい。

「リーリエ嬢が女子生徒たちに反感を持たれているのは知っているよ。女子生徒たちの手綱を取ってくれている誰かがいるおかげで今は平和なんだ」

手綱？　もしかしてそのラスボスっぽい誰かって。

『どう考えてもご主人だな』

ルナの一言に私は震え上がった。

どうしよう。変な肩書きが増えた。そういえば一番相応しいのは私だとか言われていたっけ。だからといって、女子生徒たちの手綱を取る系の令嬢にはなりたくなかった。少し悪役令嬢っぽいもの。

内心震えながらも気になったので聞いてみた。

「その誰かってどなたなんですか？」

「その誰かの正体は、ユーリに探らせても掴めなくて。それどころか、本人すら知らぬうちに勝手に担ぎ上げられた疑惑が浮上していて。これ以上は分からなかった。誰もその令嬢の名前を口にしないらしい」

フェリクス殿下は、興味深そうに悪戯めいた顔をされていた。謎が謎を呼ぶと、ムキになって謎を暴きたくなるタイプらしい。

それにしても、女子のコミュニティにそこまで接触出来るユーリ殿下がすごいと思った。水面下で話題になっているとは聞いていたけど、思っていたよりも情報規制がすごかった。ご令嬢の皆様方、結束力がすごすぎない？

「本人にすら知らされずに……ですか」

まさかそこまで影響力があるとは思っていなかったし、確かに言われなかったら気付かなかった。

「巻き込んでしまったようだし、その誰かには申し訳なかったけど、正直女子生徒たちがリーリエ嬢に辛く当たっていたら面倒なことになっていたと思う。リーリエ嬢は貴族の風習になかなか馴染もうとしないから、本来なら女子からの当たりはもっと強かったはずだよ」

リーリエ様が他の女子生徒と仲良く出来ない様子を見て、フェリクス殿下はもしもの事態まで想定していたらしい。

そこまでリーリエ様に気を配るということは、もちろん理由があるわけで。

「私は、陛下にリーリエ嬢を気遣えと言われているんだ」

強調して言われた言葉とフェリクス殿下の目を見て、それが言葉の通りではないことを私は確信した。

それは気遣え、ではなくて。王家に逆らえないようにしろ、という命令なのではないか？

リーリエ様の類稀なる力を悪用されるわけにはいかず、よそに奪われるわけにもいかない。

結論として、表向きフェリクス殿下はリーリエ様には逆らえなくなっている？

そこまで行ったら機嫌取りみたいなものじゃないかと頭が痛くなった。

ゲームでは語られていなかった真実。言われてみれば当たり前の理由。

ゲームでは個別ルートに入ったら、二人をメインとした物語になるけれど、どうして都合良く二人きりになって、二人だけの物語になるのか不思議だった。

つまり、リーリエ様が気に入った相手ということなの？　ゲームでも現実でも、ヒロインは攻略対象を選択する。

前世でゲームをやっていた時は、ゲームだからご都合主義か何かだと私は思っていた。

王命、ね。殿下は立場上、はっきりと言えないらしくそれ以上は言わないけれど、なんとなく分かったことがある。

殿下はリーリエ様のことを好きなわけではなかったのだ。

この先はどうなるか分からないけれど今のところは。

「大変、ですね」

何を言えば良いのか分からなくて、それでもその一言以外、彼は求めていないようだったから、それだけ一言返事をした。

「青春とは程遠いだろう？」

「……はい。お二人のことを知らないまま、余計なことを言ってしまって……申し訳ございません」

謝ることしか出来ない。

「謝らせたいわけじゃない。知ってもらいたかっただけなんだ。……楽しそうなハロルドやノエルたちを見ていたら、普通の学園生活がほんの少しだけ羨ましくなっただけで」

彼は何でもないように笑っている。

「……」

これは恐らく本音だ。好きでもない人と四六時中共にいるのは、どんな感じなのだろう？

彼は自分の意思など関係なく、個別ルートへと括り付けられてしまったも同然なんだ。

恋愛感情どころか、二人きりを求めていなかった彼に突き付けられたのは何なのか。

これが現実か、ゲームの強制力なのかは置いておくとして、これは間違いなく攻略対象の悲哀そのものだ。

リーリエ様は選ぶ立場で、殿下は選ばれただけだった。

そして一度しがらみに囚われれば後は……。

王命ということは、他にも色々と命令があったのかも。

まだ学生だというのに、殿下は既に執務もこなしていると聞く。

執務をして勉強をして、リーリエ様の相手、か。普通に考えても大変そう……。表にそういった事情を一切出さないというのも、それはそれでメンタルが強い。

それで目の下のクマということは、寝不足もプラスされている。まだ子どもなのに、少年なのに。

前世の大人の感情が少しだけ湧き上がってきて、庇護欲に近い何かが私を満たす。

思わず目の前にいるのが、王子ということを忘れかけ、頭を撫でていた。

疲れたように目を閉じていたフェリクス殿下の髪を思わずそっと梳(と)いた。柔らかな金の髪は、手入れがされていて、触り心地が良い。

『ご主人』

ルナに呼びかけられ、ハッと我に返った私は手を退けて、平謝りした。

「も、申し訳ありません！　度重なる無礼を……」

私は、今何を。

「許してほしい？」

殿下の顔には苦痛の色は見えず、今は楽しそうだ。

「ええ、もちろん」

ぺこりと頭を下げれば、殿下は予想外のことを言い出した。

「さっきの、続けてくれるなら許しても良い」

「は？」

さっきのって、頭を撫でていたアレ？　思い切り子ども扱いしていたアレですか？

繋いだ手をほどかれて、頭の方へと移動させられる。

「頭を撫でられるのは幼い頃以来だよ」

「ええと、本当に申し訳なく……。あの他意はなくて」

「他意がないなら出来るよね」

「……」

『ご主人。人間、死んだ気になれば何でも出来るという』

いやいや、死んだら駄目でしょ。

心を無にするんだ。そう、目を瞑って撫でていれば、誰を撫でているかなんて分からない。

そうっと手を動かしていれば、指先に触り心地の良い髪が触れる。目を閉じているとその感触がなんというか。

うう。私の馬鹿。微かな笑い声の元は殿下からだ。

少し面白がってない？

と、その時。私のより大きな手に包まれる。

その手のひらは剣の稽古から硬い感触がして、ここで私は目を開けた。

直後そのまま硬直して赤面する羽目になった。

なんと、ベッドの上に横になった殿下は私の手を両手で包んで——、指先に軽く唇を落としたのだ。

「……!?」

悪戯が成功したみたいに密かに笑う殿下が憎い。自分が魅力的だと分かっている顔つきだ。

流し目とか角度が分かっているから出来るんだと思う。

ぱっと手を引っこ抜いたら、彼は素直に逃がしてくれた。

「じゃあそろそろ、レイラの言う通り、仮眠を取ろうかな」

本人はこんなことを言っているし！

キスされた指先を押さえながら、距離を取っていれば、コンコンコンと外のドアがノックされた。

『ご主人。光の精霊の気配がする』

外にいるのが誰か分かった。とりあえず、殿下に会いに来たのだとしても、仮眠の時間くらいはそっとしておくべきだと思う。

「はい。今、そちらに参ります」

努めて冷静な声を心がけて私は返事をした。

ドアへと向かう最中。極力気配を押し殺したルナが、いつもよりも小さな声で私へ注意を促した。

『光の精霊が、魔法を使っている。偽りを口にしたら術者に伝わるぞ』

「……」

つまり私は今、リーリエ様に嘘をつくことは出来ないらしい。

正直、面倒だと思った。それに何というヒロインチート。

「……お待たせいたしました。どなたでしょうか？」

いつも通りを心がけ、顔が強ばらないようにしながら、ドアを開けると。

制服の胸元辺りを心細そうに掴んでいるリーリエ様の姿。こちらを見つめる女の子らしい大きな瞳は、緊張していて上目遣いで私を窺っている。

「ごきげんよう、リーリエ様」

二人きりで話すのは初めてだ。内心緊張していた私は必要以上に、完璧な仕草で挨拶をしていた。

「何か、ありましたか？」

恐らく殿下を探しに来たのだろう。だけど、せっかく休んでもらえるというのに、ここでリーリエ様の相手をさせるわけにはいかない。

「ここに、誰か来た？」

恐らくフェリクス殿下が来たかどうかを聞きたいのだろう。

「誰か……ですか」

嘘を言わなければそれで良い。上手く切り抜けようとしたところで。

「ねえ、フェリクス様。ここにいるんでしょう？　だって、レイラさん、私の次にフェリクス様と話す回数多いもの」

「……」

思わず固まってしまったのは、彼女の表情を見たから。嫉妬の炎に焼かれる女のような顔をしている。

彼女が思うほどたくさん話しているわけではないのにな。何を言ってもボロが出そうな気がした。

「さっき、誰かと話していたレイラさんの声を聞いてから、どこか行っちゃったし」

私のところに行ったと疑っているのか。

疑いをかけられているからこそ、私は悠然として答えた。にっこりと浮かべる微笑みは何の陰(かげ)りもなく、疚しいことなど一切ないと言わんばかりの私の表情。

嘘は言わない。私は本当のことしか言わない。

「寝不足の人が一人ベッドを使っております」

貼り付けた微笑みは、私に出来る最上級の微笑みだった。嘘は言っていない。本当のことしか言っていない。だからこそ、余裕ありげに私は対峙する。

それらは、私の声に、態度に、振る舞いに、笑顔に表れている。

そう見えるようにしている。

「……その、寝不足の人ってフェリクス様？」

「最近、私の叔父が何日も徹夜しているんです」

欺(あざむ)こうとかそういう意思を思考から追い出して、叔父様が酷いクマを拵(こしら)えて廊下を競歩していた光景だけを頭に思い浮かべながら答えた。

嘘は言っていない。正直博打だったけれど。

口ごもらずにとっさに返したからこそ、信憑性は増すだろう。

このやり取りは、よく聞けば分かるけれど、話が噛み合っているようで実は噛み合っていないのだ。答えているようで答えていない。

それを自然に聞こえるような態度は取っているけれど。

「……何だ、いないんだ」

勝手に判断をして去ってくれるのを願うばかりだったが、リーリエ様はそれ以上、追求しなかった。

「ごめんね。疑っちゃった」

「いいえ」

言葉少なに会話を終わらせて、手を振ってリーリエ様を見送った。

しばらくして、光の精霊の気配が消えたのか、ルナがもごもごと私に言ってきた。

『ご主人は詐欺師だな』

「演技派と言ってちょうだい」

あながち間違いでもないので苦笑した。

カーテンに覆われたベッドの近くまで行くと、寝息が聞こえたのでカーテンにかけた手を引っ込める。

あれからすぐに寝てしまったのかもしれないし、静かにしていよう。

この部屋に置き去りにするわけにもいかないので、借りてきた本を開いて必要な箇所を抜き取る作業を続行していた。

叔父様も大変なのは分かっているんだけど、まさか研究の一部を私に投げてくるとは思ってもみなかったなあ……。私のこと研究の助手にもするつもりなのかしら、叔父様……。

まあ、請け負ってしまったのは私だ。文句を言わずに作業を進めるしかないと私は作業に没頭することにした。

少し時間が経過して作業に少し疲れてきた頃、レモン水を口にして頭をしゃっきりさせて。来客用のふんわりしたソファの上で、残りの課題に取り組んでいれば。

「レイラがヴィヴィアンヌ医務官の手伝いをしているのって、やっぱり彼が筆記試験の答案を作るから？」

「そうなんです。研究を一時中断してそちらに三日前からかかりきりなのですが、研究も中断したくないようで……」

普段から計画的に作っていれば良かったのに。

そもそも、叔父様にテストを作らせようとした人は誰なんだろうか。叔父様も初めてだからか勝手が分からないようで、三日前から作り始めている。

ちなみに今は試験二日前。ギリギリすぎる。取りかかるのが明らかに遅い。

「研究者っていうのは、時間を忘れてしまうらしいからね。研究に夢中で試験のことを忘れていたんだろうね」

「普段から私にスケジュール管理を任せっきりにしているから……。さすがに叔父様の仕事は把握してません……」

と愚痴めいたことを零したところで、私は「んん？」と違和感に気付く。

「殿下？　もう起きて大丈夫なのですか？」

こちらが没頭している間に、殿下が隣に腰をかけていた。

「四十分くらい寝たら、すっきりした」

ほっと安堵する。顔色が悪くて、何か色々と精神的にも参っているように見えていたから。

「睡眠時間を取らないと、精神に影響して気分が落ち込むことだってあるのですから、睡眠時間の確保だけは忘れてはなりませんよ！」

忙しいのは仕方ないが、せめて徹夜はしないでほしいと思う。

「体力回復薬だって限度があるのですから。睡眠に勝る薬はありません」

「ありがとう。心配してくれて」

ふわりと笑う殿下はいつもよりも幼い笑みで。

「う……」

何この感情は！　い、今！　絶対にきゅんってした……！

この人は天然タラシに違いない。危険すぎる。

「大丈夫？　レイラも疲れているんでしょう？」

「あ、いいえ。私は皆様と違って試験前ではありませんし、仕事も前みたいな修羅場ではありませんから」

「そういえば、レイラは筆記試験とかどうだったの？　卒業する前は試験とかあったんだよね」

私の口から試験前という言葉が出たからか、殿下は疑問に思ったらしい。

「筆記試験は問題ありませんでしたが、私の場合、実技試験で苦手なものがいくつかあります」

「へえ、意外だね。実技は得意なのかと思ってた。人工魔獣との戦いを見ていたけど、術の使い方に無駄がなかったし」

本気で意外そうにされている。私は、現在進行形で火の魔術に躓いているというのに。

「適材適所っていう言葉があるくらいですし、出来る人に任せておけば良いと個人的には思うのですが、そういうわけにはいかないものです」

「まあ、他に使える魔術があるなら、そちらを極めれば良いというのは賛成だけど。レイラは何が苦手なの？」

この顔は……。フェリクス殿下の顔に、思い切り「気になる！」って書いてある気がする……。

隠すことでもないので素直に答えることにした。

「火の魔術ですね。……私、思うんです。コントロールが上手くいかないなら、周りのものに保護魔術をかけてから燃やし尽くせば良いですし、燃え盛る火をコントロールして消炎させる方法をとらずとも、水をかければ良いのでは？　と」

スンッとした真顔でつい最近の苦労を思い出していく。

どれも駄目だったな……。

次回で再々追試である。泣きたい。何度やっても駄目だった場合、火の魔術の考察論文を書くか別の単位を取って埋めるしかない。

「ふ、……本当に苦手なんだね。……燃やし尽くすって、ふふ」

「殿下……？　なぜ笑われるのです？」

「レイラは意外と脳筋だね？」

「……」

なぜ、先生と同じようなことを言うのだろうか。その生温い視線は何なのか。

少しむっとしていたのが顔に出ていたのかもしれない。

「思っていたのとは違った反応で驚いたけど、こういうのも良いね」

そっと彼の手が私の頭の上にポンポンと置かれる。そして髪の間に差し込んだ指先で私の銀髪を弄び始める。

今度は私が頭を撫でられているのはなぜなのだろうか。

自分のよりも大きな手が気遣うようにゆるやかに触れていて、それが好きな相手のものだというだけで、私は簡単に意識してしまう。

……手つきも優しいせいで、大切にされているように錯覚してしまうのだ。

これはマズい兆候だ……と必死に顔を引き締めつつ、無の心で彼の手を受け止める。

「自分で撫でてみて思ったけど、撫でるよりも撫でられる方が恥ずかしいものだね」

ウンウンと何か納得したように頷きながら、私の髪を梳いている殿下。まるで壊れ物を扱うみたいに触れる手は、なかなか離れていかなくて。

あまりにも優しく触れるせいか、少しくすぐったいくらいだ。

「恐れながら……、先ほどの殿下の様子で恥ずかしがっているというのは無理があるかと思います」

私に大人しく撫でられていたかと思いきや、いきなり指にキスをしてくる相手だ。

「私は動揺したりしても顔に出ないんだよね」

「え、何ですか、その特殊能力は」

素で少し羨ましいと思ったのが顔に出ていたようで、殿下はおかしそうに息だけで笑う。

「レイラも社交界向きだと思うけど。貴女が動揺しているところをあまり見たことがない」

そりゃあ、表情を作ってますから。

「っ！　殿下？」

するっと指先が優しく前髪を掻き分ける。触れた皮膚の感触に心臓が躍りそうになる。

「淑女の鑑で完璧に仮面を被れるのに、時折素の表情が可愛いなって」

おまけにそんなことを仰る。天然タラシ王子め。

「……ありがとうございます」

内心では、「あああ！」とか「うわあああ！」とか騒いでいたけれど、大袈裟に照れないようにしながら言葉を返した。それでも顔はやっぱり、熱いけれど。

好きな人にお世辞でも可愛いなんて言われたら、爆発してしまってもおかしくないと思う！

「さて」と、殿下は私を撫でていた手をそっと外すと、何か晴れ晴れとした表情で立ち上がった。

そろそろ戻るのかと私も立ち上がれば、酷く優しい顔つきの殿下と目が合った。

私と同い年の男の子がするような表情ではなくて、酷く大人びていて。

彼から目が、離せなくなった。

もしも、私だけをこうして見つめてくれたら、なんて乙女みたいな思考をしてしまいそうになるのだから、この感情は本当に重傷だ。

そういう未来はなかなか想像がつかないけれど。

「レイラ、とても楽しかったよ」

「あ、いえ。殿下こそ、お身体にお気をつけてくださいね」

「ありがとう」

殿下はよく分からない人だ。先ほど、私と話していた内容なんて中身がほとんどなかったのに、どこが楽しかったのだろう？

楽しませるような話題を提供したわけでもなく、何気ない話題をほんの少しぽつぽつと話しただけで。

そういえば、私自身のことを話すのはあまりなかったかもしれない。

たぶん、私が魔術で苦労していることを知るのは殿下だけだ。

「そういえば今、前に貸してもらった本を読んでいるところなんだ。監禁する男が出てくる小説。今度、本の感想を話そうかな？」

「え」

本当にあの内容の本を読んでおられる？　ヤンデレヒーローの。監禁して執着するタイプのアレを？　絶対に読まないだろうと思っていたのに、まさか読んでいるとは！

「驚いてる、驚いてる」

悪戯に成功した子どものような殿下。

満足そうにしながら、医務室から出ていくのを、私は礼をしながら見送ろうとしたのだけど。

付け足すように殿下が私の耳元で囁いた。

「火の魔術だけど、今度私が教えてあげる」

「えっ……ええと」

「私が直々に……となると騒ぐ人もいるだろうから私たちだけの秘密だ」

良い声で囁いてくるせいでまともな返事が出来なかった。

殿下は、すっと私から距離を取ると、さわやかに微笑んで。

「それじゃあ」

「それでは、また」

よく分からないけれど、気晴らしになったのなら良かったのかな？

最重要任務。殿下を寝かせる！　は達成出来たので良しとしよう。

あと、火の魔術を教えてくれるというのは正直助かるなあ……。本気で。でも忙しくて大変そうだったら、そっと辞退しよう。

とにもかくにも、そろそろ試験が始まるのだ。

殿下みたいに寝不足な人が増えてくる可能性を考えて、医務室に戻って栄養剤などを調合することにした。

第四章　禍々(まがまが)しき召喚陣

ついに筆記試験が始まったけれど、私は試験よりもその後のことが心配だった。

ゲームのシナリオなんてあってないようなものだけれど、参考にしないわけにはいかないから。

リーリエ様が選んだらしいお相手はフェリクス殿下。実は、フェリクス殿下ルートの場合、試験の後に一悶着あるのだ。

試験自体は特に問題ない一幕だ。

うん。むしろ、平和だと思う。試験勉強をしていたから遠征とかもないし、怪我人はぐっと減る。

ちなみに、試験中、学園内ではフロアごとに雰囲気が違う。

二年生や三年生は慣れたもので、憂鬱そうな雰囲気で留まっていたが、一年生にとっては初めての筆記試験。

ピリピリとした空気の中、参考書に齧り付く者が多数。

成績が張り出され、順位も付けられるということで、皆必死である。

フェリクス殿下やノエル様など普段と変わらない人もいるけれど、大方の人は緊張しているようだった。

医務室勤務の私はあまり関係ないと思いきや、叔父様が試験監督に駆り出されたので留守番をしたり、体調不良の人が医務室で試験を受けるので、そういった対応をしなければならなかった。

今回は数人いる。前世で言う、保健室対応である。

「うう……こんなはずでは……」

試験当日に熱を出した人に解熱剤を差し出しつつ、本人の希望により様子を見ながら試験を受けさせる。

ベッドには折り畳み式のテーブルが付いているので、それを使ってもらう。

「色々な人に申し上げているのですが、睡眠時間の確保は必須ですよ」

「徹夜しなければ良かった……」

後悔しきった男子生徒。問答無用で寝かしつけたいところだが、成績に関わることなので私がどうこう言うとしても限界がある。

追試の時に高得点を取ればそれなりにカバー出来るとは思うのだけれど、どうしても試験を受けたいらしい。

無理だと判断したら強制終了と言い置いて、問題用紙を渡した。

そういった生徒は他にもいて、何の不幸か試験当日に突然の腹痛で倒れた男子生徒もいる。

さすがに席を何度も立ってトイレに籠るので、試験実施は不可能。早めに寮に帰すことにして、人間姿に変身したルナに付き添ってもらった。

終わりの合図の鐘が鳴り、問題を解いていた生徒たちが、筆記用具を投げ出した。

うわあ。体調不良なのになぜこんなに皆、問題用紙を埋めているのだろう。

一年生の生徒が特に本気だ。

今回の魔法薬が効いたのかもしれないけれど、気休めに過ぎないものなので、早く睡眠を取ってほしい。

「ご主人、帰ったぞ」

「ルナ！　お帰りなさい」

帰ってきたルナに念の為、学園内の様子を聞いて、特に問題がないことを確認したり。

とまあ、こんな風に一日目は終わって。

試験は三日間続き、一日数科目こなさなければならない。

そしてなんと二日目はなぜか、私までもが試験監督に駆り出された。どうやら人が足りていないらしく、猫の手でも借りたいくらいらしい。

叔父様は一日目に終わったばかりの答案用紙の確認のため、試験監督は出来ず、医務室へと戻ってもらった。

同い年の医務室勤務の私が、彼らの試験場所に顔を出すのは違和感しかないというか、場違い感しかない。

それもこれもクリムゾンが侵入してきて防犯強化に人員を割かれたせいである。

「……こんにちは。試験監督の者です」

三十名ほどの特進クラスの前に顔を出して、視線を一斉に向けられた瞬間、なんかもう帰りたくなった。

注目されるのは嫌だ。精神的にしんどい。

「レイラさんいらっしゃいませ！」

「まさか試験監督とは思いませんでした」

予想外の歓迎ムードだ。試験前のピリピリした空気が少し和らいだというか、たぶん私の威厳のなさが原因だと思う。

特進クラスにいる見覚えのあるメンバーは私が来たことに少し驚いたのか、目を丸くしていた。

でも、一つだけ勘弁してほしい。フェリクス殿下、私と目が合った瞬間に王子様スマイルをするのは止めていただけませんか。

王子という職業は、目が合ったら微笑むという習性でもあるのだろうか。

大勢の前で醜態(しゅうたい)を晒すところだった。なんとか取り繕ったけれど。

まあ、そういうわけで二日目も問題はなかった。

そして三日目。問題の日がやってきた。

三日目は、一日目と大体同じ業務内容の日だった。

医務室対応のために待機をし、前と同じように体調不良の生徒を見守っていたが、特に大事になることはなかった。

試験が終わり、医務室にやってきた叔父様に早速、申し出た。

なるべく早く行動しなければ。

「叔父様。薬草などの補充をしに、外出許可が欲しいのだけど」

「レイラ、店に行ってきてくれるのですか？　ちょうど、面倒だと思っていたのですよ」

叔父様は出不精。こちらから申し出れば、私に補充を頼むことは確実だ。

「気晴らしに外に出たいとも思っていたの。付き添いは、ルナがいるから大丈夫よ」

「精霊様は素晴らしいですね。使用人の姿にもなれるので、レイラの付き添いとしても完璧です」

てきぱきと準備をしている間、黒い小鳥姿になっていたルナが戻ってきて、私の前で狼姿へと戻った。

『ご主人。そなたの懸念(けねん)していた通りだ』

「やっぱり……」

目をキラキラとさせる叔父様を総スルーしながら外に出る。

『そなたの思っていた通り、王太子はもう間もなく視察に出るそうだ』

シナリオ通りってわけね。

試験が終わった直後、それぞれのルートごとに多少の差異はあれど、何かしら事件が起こるのだ。

確か、フェリクス殿下ルートだと、視察に出たフェリクス殿下とリーリエ様が集団誘拐事件に遭遇するのだ。

市民の中から魔力持ちの者だけを狙った誘拐事件。二人はその現場に居合わせるのだ。

その犯人は政治貴族の中でも有力な某貴族で王家に反旗を翻そうとしている悪の萌芽（ほうが）。

大掛かりな闇の魔術で生贄から魔力を吸い上げ、その力の恩恵を受けようとしている。

フェリクス殿下のルートは王家ならではの政治的なあれこれというか、王家周辺に渦（うず）巻く陰謀や陰険な政治とか、王家の闇についてのルートというか。

王家なので裏切りや暗殺などがもちろんあるわけで、簡単に言ってしまえばその辺りをどうにかしていくルートである。狐とか狸しかいない。

つまり、今日の誘拐事件。これをどうにかすれば、先のゴタゴタはなくなる可能性がある。

だけど、一つ問題があった。ゲームのシナリオをぶち壊すことになり、フェリクス殿下とリーリエ様のお互いの好感度にも影響が出るだろうということ。

それはある意味、ヒロインの見せ場を奪うことに繋がるのだが……。

いやいや、陰謀に気付いていて止めないとか、ないでしょ！

関わりたくないけど、この国の未来が関わっているのに静観するわけにはいかない。

ゲームはゲームで、この世界は現実。当たり前のことである。

『王太子が視察に出ていたからな。ご主人の指示通り、匿名で通報しておいたぞ』

「これで犠牲者は減るかな……」

シナリオ通りの可能性が高いため、誘拐事件の現場になる数箇所を指定して、「怪しい者がいる」という目撃談として匿名でルナに通報をさせておいたのである。

結局シナリオはシナリオで、実際にそんな事件などないと言われればそれで良し。杞憂だったと笑えるけれど、そうでない場合は悲惨だ。

生贄ということは、無辜の民が襲われて、生命を落とすということなのだから。

だから私は、ルナと辺りを巡回する。

杞憂なら、それで良い。

この世界がゲーム通りでなければ、それで良いのだけれど。悪徳貴族もいない可能性だってあるのだし。

……だけど。

現状で、私しか知らない可能性もある。

半信半疑の今、この目で見たものしか信じることは出来ないのだ。どこまでがシナリオ通りなの？

だけど、私はとにかく出来ることをするしかなかった。

ゲームでは王都から少し離れた下町が、問題の誘拐現場である。

白衣を脱いだだけでは、貴族らしさが抜けないため、さらに控えめでシンプルな白のワンピースに黒の上着を羽織った。

下町は活気がある場所と、そうでない場所があるのだが、今日向かう誘拐現場はその両方に数箇所、分散している。

数箇所ある古びた工房らしき場所が現場だ。何か作られていたらしいが、もう既に人は退去してしまい、ただただ広い空間が広がっているらしい。土床はホコリだらけだが、何も置いていないため、魔法陣は描き放題。

確か、一番酷い場所は……。

前回と同じような魔獣召喚陣が設置され、さらに被害者が多く倒れるだろうと予想される場所へまず向かうことにした。

魔獣召喚陣からは、魔獣が召喚され続けるため、早めに倒さなければ被害が出てしまう。守らないと。

たくさんの店が立ち並び、美味しそうな匂いが鼻に届くこの空間。新鮮な食材を売ろうと声を張り上げる店主に、子どもの楽しそうな声。

下町を早歩きで通り抜ける間、町の住民が声をかけてきて、ガシッと肩を掴んできた。

「お嬢さん。そんなに急いでどこへ行くの？　俺で良ければ力になるよ？」

「急いでいるのでまたの機会に」

またの機会なんて作るつもりもないが、適当に流して、その場を走り抜ける。

話している場合じゃないからだ。

「は？　ちょっと、何逃げようとしてるんだ」

「本当に！　緊急事態なんです」

魔術で体を強化して男性を振り払って、その場から立ち去った。

何やら喚く声が聞こえる気がするが、今の私はそれどころではない。

『ご主人。一番、邪悪なオーラがこの先から漏れ出ているぞ』

「やっぱりね」

ゲーム通りだとは信じたくなかったけれど、やはりこの先の召喚陣が一番強いらしい。

裏道へと足を踏み入れ、奥へと右に左にと複雑な道を通り抜けていく。だんだん人の声が遠のいていくということは、この先は本当に廃墟だということ。

大きな工房か工場らしき何かの建物の敷地内に入ったとたん、ブチン、と何かが切れる音がした。

『ご主人、何かの結界を思い切り踏んだぞ』

「分かってる」

工房の廃墟らしい建物に入ると、まずホコリっぽい匂いと、皮膚をなぞるようなおぞましい気配が押し寄せてきた。

「うっ……！」

『これは、瘴気だな……』

廃墟のような建物は、壁紙がボロボロで汚らしく剥がれ落ちているうえに、土床は汚れとホコリで固まっていた。

「あっ！　人がいる！」

奥まったところに十人くらい男女混合で倒れていたのは、若者だ。年は皆二十歳前後くらい。土で顔を汚して気を失っている人々を確認してみれば、恐ろしいことに、本当に全員が魔力持ち。

その生命を奪い、生贄にしたらどれほど力を溜めることが出来るのか、空恐ろしいものがある。倒れている人々の胸が弱々しく上下しているのを見て、その残酷さに怒りで震えそうになった。

ポケットから出した草刈り鎌で、倒れている人々のロープを手早く切っていき、魔力が食われていないか確認していく。

パッと見たところ、まだ何もされていないようだった。

「まだ魔術の跡はないよね。それで……」

そしてチラリと目をやったのは、でかでかと描かれた禍々しく巨大な召喚陣だ。線で描かれた闇色のサークルが光っていて、嫌な予感がした。

「ルナ、お願い。ここにいる人たちを守って。私の防御膜よりも、ルナの方が頼りになると思うから」

『ご主人が撃ち漏らした敵も、ついでに排除してやるから安心して戦うが良い』

「ありがとう！」

魔獣召喚陣は、以前のものと同じか、以前出会った魔狼と似た気配を感じた。

前回と違って手負いの獣はいないため、私でも多少は対処出来る。

ルナに戦いを任せたいところだが、魔力消費を考えると、私が肉弾戦で戦う方が良いだろう。

いつものように身体能力を強化して、いつでも体が動かせるように身構える。

『ご主人！　来るぞ』

「はい！」

先ほどロープを切るのに使っていた草刈り鎌へ効率的に魔力を込めていく。

私が普段使っている武器は剣でもなければ刀でもない。

大きな召喚陣の真ん中から瘴気が溢れ出し、ズズズッと引き摺(ず)る音と共に、前回と同じ魔狼が姿を表して、一斉に私に襲いかかってきた。

その瞬間に、魔力を通し終えたばかりの手元のそれを一気に振り回す。

「……はぁっ！」

私が持っていた草刈り鎌は振り回したとたん、それの何倍の大きさへと変化して、獣へと襲いかかる。

銀の大鎌。

ギラリと光る銀色の刃は、黒い魔獣へと容赦なく吸い込まれていき。

私よりも大きな魔狼数匹の首を、その凶器はまとめて刈り取った。

ザシュッと血が吹き出る音と、身体から抉り出した魔狼の核（コア）が床にコロンコロンと落ちていく滑稽な音。

私は、足元まで転がってきた核を蹴り飛ばしてルナのいる方向へと転がしておいた。

核は魔力の塊だから、ルナも何かに使ってくれるはず。

私の身長ほどに巨大化した草刈り鎌は、銀の大鎌となって、敵に刃先を向けている。

柄の部分を地面に突き立て、音を立てたとたん。

ぶわりと魔狼たちの殺気が膨れ上がり、こちらへ向かって一気に押し寄せてくる。

魔獣召喚陣からはとめどなく召喚され続けていた。

地面を蹴って、ぐんっと獣たちの懐近くまで迫ってから、急速に方向転換をして、ぐるりと彼らの背後へと回った。

「――はっ！」

大鎌を旋回させて彼らの首辺りを全て巻き込み、ぐっと引き寄せれば、耳障（ざわ）りな魔獣の悲鳴。

あ、一匹撃ち漏らした。

牙を向けてきた一匹の魔狼はどうやら今の攻撃から逃れたらしい。向かってきた魔狼の顎（あご）は強く蹴り上げておき、その反動で高く跳躍する。

すぐに体勢を整えようとする魔狼に向けて、上から切っ先を顔面に突き刺すと痛みに喘いだのか、魔獣は咆哮（ほうこう）した。そのまま、魔獣の顔面に突き刺さった大鎌をぐちゃぐちゃに掻き回した。その後に回収出来るものは回収するのだ。

ふわり、と地面に着地して、またもや核（コア）がコロコロと転がっていく。

拾いたいけど、そんな暇はない。

うん。行ける。手負いの獣がいない分、私でも行ける！

守りながら戦うほどに強くはないけれど、このくらいなら行ける。

倒すつもりでこちらに来たものの、もし敵わなかったとしても最悪この場をしのげれば良い。

ルナが通報してくれたのだから、じきに援軍は来るはず。生贄とされた人たちを守るのと、ここから先に魔獣を出さない。それが私のやることだ。

「ルナ、この魔獣。人を食べて己の魔力にするみたいだから、一匹も逃さないで！　私もなるべく刈り取るけれど、間に合わなかったらお願い」

『承知した』

ルナは既に防御膜を張って、生贄にされた若者たちを保護してくれている。

魔狼たちがすぐに召喚されてくるのを見ながら、私はそれらの隙間の空間に身をねじ込んだ。

身を低く前かがみにして、ぐっと大鎌を握り締めて、地面を強く蹴り飛ばす。

音を立てずに駆けずり回りながら大鎌を片手でくるくると回す度に、近付いてきた魔狼は切っ先に引っかかって引き裂かれ、それをもう片方の手に持ち替えてから、魔狼たちの首を効率的に落としていく。

音を立てないための消音魔術も、採取の時は必須の技能だ。

本来、戦わないで逃げるのが私のセオリーだったのだ。

「……え？　はい？」

次から次へと出てくる敵の首をねじ切り、刈り取り、突き刺しているうちに、何やら召喚陣が今までよりも強く光った。

『ご主人、まずいのが来るぞ！』

私が撃ち漏らした魔狼を影で切り裂いていたルナが忠告した瞬間、私は跳び上がる。

「うあっ！」

ルナが空中に影を伸ばしたところを一瞬だけ足場にして、体勢を直した。

膨れ上がった魔獣召喚陣の中心に現れ始めた一際大きな獣の姿に目を留めつつ、他の魔獣を踏み台にして痛めつけていく。

ちょうど目の上辺りを強く踏みしだくことが出来れば、目潰しが出来るのだ。

そして、召喚陣の中心から現れたものを見て、驚愕した。

「頭が三つ!?」

神話のケルベロスみたいに、魔狼の頭が三ついた化け物が咆哮する。

いや、魔狼というより、魔犬？　どっちでも変わらないか。

今もなお湧き出る魔獣たちとは比べ物にならない瘴気の量と魔力量だった。

確かに、ここまで強い魔獣を召喚しているのならば、悪徳貴族の計画が成功してしまうのも頷ける。

ゲームではこんな怪物は出てきていないから、本当に出たとこ勝負だった。

体に纏わせる保護魔術を強化しつつ、敵が突っ込んでくる前に、私は三つ首の化け物の視界から姿を隠して、持っていた大鎌の刃で首を狩り取ろうと後ろに回った。

「っく……」

どういうわけか、後ろに回った私に首をグリンと回して牙を向けてきた。

ぐっ、と大鎌の切っ先を押し込んで武器の上から体重をかければ、ギリギリとお互いの力が拮抗(きっこう)する。

まずい……と本能的に感じた私は、その場から跳び退る。

口から炎を吐いた！

ぼうっと周囲に燃え広がり、私はなんとか回避した。

水の魔術ではこれは追いつかない！

こういう時、炎の魔術で敵の炎を掌握出来たら、炎を小さくすることも可能なのだろう。

もっと本気で実技をやっておけば良かった！　水をぶっかけても追いつかない場合もあるんだ。

炎を吹かれて直撃されたら終わる。

とにかく、ケルベロスの三つの頭それぞれから吐かれる炎の息を避けて、他の魔獣に直撃するように誘導していく。

とりあえずこれで周りの魔獣を減らしておくとして、どうする？

ルナには防御に徹してもらっているし、時折撃ち漏らした魔狼を退治してもらっている。

圧倒的に足りない。

人員不足なのだ。

ケルベロスは爪にも炎を纏い始めている。

こうなったら、倒すことを考えるのではなく、足止めを考えた方が良いかもしれない。

炎を手当り次第に撒き散らす攻撃を少しでも減らすため、大鎌による連続攻撃で息する隙を削り取る。

隙を見て、背後から強襲しようとしたが、化け物は三つの頭があるからなのか、それを察知してしまう。

再び飛び退り、後ろにいた普通サイズの魔獣を蹴り飛ばして、その衝撃でかけていた眼鏡が地面に落ちたのを拾う間もなく、体勢を整える。

獣の攻撃に備えようと身構えた刹那。

それは、ケルベロスに向かって音もないほどの神速で放たれた一閃。

白く輝く光の一撃は雷撃。大剣に纏わされた魔術が、ケルベロスに苦痛の悲鳴を上げさせた。

驚愕して目を見開く私の横に着地したその人は、私のよく知る人物だった。

その人物の武器は、「剣」とつくもの全て。普通の剣だけでなく、重いはずの大剣も扱える。

しかも元々の身体能力が凄まじいために、魔力で強化すると、とてつもないことになるだろうと思ってはいた。

実際に戦ったところを見たのは数回。

いつもは己の剣のみで闘い、余程のことがない限り魔術を使わない。

そんな彼が、魔術を使っていた。大剣に纏っていた雷がまだバチバチと音を立てている。

今の威力を見る限りだと、雷を剣に纏わせているだけでなく、威力や速度、硬化など複数の魔術強化を施しているのかもしれない。

「まさか、あんたが一人で奮闘しているとは思わなかったな、レイラ君」

「ハロルド様？」

ザリっ、と大剣が地面を擦る音。私の身長よりも大きな大剣を構え、吹き飛ばしたばかりのケルベロスを見据えるのは、癖のある紺色の髪をした青年。

「思わず見とれるほどの戦闘だったぞ。模擬戦の際に魔獣の首を刈り取っていたのは、これが本来の戦い方だからなのだな。もっと観察していたいところだが、そうも言っていられないようだ」

「再生していきます……！」

切断しても傷が塞がっていくのだから、心が折れる。

「騎士としては少々あくどいが、ここは袋叩きといくか、レイラ君」

「この際、一番大きなアレだけを目標にしましょうか。それと炎を吐くので喉を狙いましょう」

「攻撃手段を奪うのか！　分かった！」

獣の無数の目がこちらを見ているが、あの大きな三つ頭の魔犬をどうにかしなければ先に進めない。

今のところハロルド様の雷に反応しているケルベロスの背後へと私は回り込む。

忍び寄り首を刈り取る戦法に慣れている私が先だ。

背後から強襲するために、音と気配を極限まで削り取った私が動いた。

「はっ！」

背後から三つの首全てに大鎌を引っ掛けてから、こちら側へとぞんざいに引きずり出す。

首の柔らかな部分を狙ったが、首はあっさり刈り取れるはずもなく、血が飛び散った。

それを目にしてすぐに飛び退った私の後に、雷を纏わせた大剣を振るったのはハロルド様。

「はぁああああっ！」

バチバチと光が弾け、ぶちぶちと何かがちぎれる音と共に、聞き苦しい獣の叫び声が響き渡る。

私が付けた傷の跡に寸分の狂いもなく、さらに傷口を抉ったハロルド様の攻撃には無駄がない。一つ一つの攻撃が重いのだ。

叫び声を上げて狂ったように暴れるケルベロスの牙や爪を軽々と弾きながら、彼は平然としている。

これがハロルド様の魔術……。

いつも剣だけで解決する彼の攻撃魔術を見るのは初めてだった。

肉を焼くような焦げた臭いと血の臭いが混じり、巨体が崩れ落ちるが、私たちはいったん距離を取る。

「回復はしているが、今の攻撃方法が効いているようだ。繰り返すぞ」

「はい！」

私は近くの魔狼の背中を踏み台にして跳躍し、空中でクルクルと回転しながら斬りかかった。

ぶつかった反動を利用して、すぐに間を空けて、その横をハロルド様が閃光を身に纏いながら突っ込んでいく。

私の付けた傷跡をなぞるように正確に大剣を叩き込む。

どんどん増えていく他の魔狼たちは片手間で切り伏せていく程度だが、ハロルド様はそれだけで十分だった。

一振りするだけで、その雷撃は私の何倍もの魔獣を屠(ほふ)っていくのだ。直接当てなくてもその風圧だけで、敵はなぎ倒されていく。

「すごい……」

呆気に取られながら私も大鎌を振るう。

ちらりと後ろに目をやり、ルナが人々を守っているのを確認した。

ハロルド様の攻撃の激しさに少し心配になったが、ルナは攻撃の余波をしっかりと防いでくれているようだった。

私は飛びかかる寸前みたいに腰を低くして、それから地面を思い切り蹴った。

飛びかかってくる魔狼の爪や牙を鎌で弾いては、その反動を利用して後ろの魔狼にも斬りつける。

そうした連続斬りの合間に、標的である三つ首の獣へと交互に吶喊した。

やはり二人いると良い。もう片方が気を引いてくれるからだ。

「レイラ君。敵の動きが遅くなっているようだ。挟撃だ」

「はい。合図をお願いします！」

「……一、二、三……今だ！」

喉を潰されてもなお、炎を吐き出そうとしたのだろう。三つの首を持つ巨体の獣が大きく息を吸い込んだ。

刹那、二人は同じタイミングで両側から殺気を膨れさせる。

「あああああっ！」

「はっ！」

私が首を固定して首元を刈り取り、ハロルド様は足元を切り裂いた。

上下から攻め、一気に畳みかける。

『えげつないな……』

ルナがそういうくらい、ハロルド様の猛攻は凄まじかった。獣の足元を切り刻むスピードがもはや人間ではない。

私の攻撃よりも一撃一撃が必殺技すぎるのだ。

足元が崩れ落ちれば、後はこっちのものだった。

「見つけた。核だな」

核さえ確保しておけば復活される心配もないだろう。

一際大きな化け物を倒した彼は満足気に溜息をつくと、再び大剣を振り回し始めた。

さらに増えていた魔獣をまた減らしていくつもりのようだ。

私と背中合わせになりながら端的に会話をした。

「ハロルド様。中央にある召喚陣を見てください。最初の頃と比べれば薄くなっているのです。そろそろ魔獣の召喚の上限になるかと」

魔獣の数で押されてしまったせいで、今回の召喚陣にはなかなか近付けなかった。やっと詳細の確認が出来たが、どうやら破壊されないように魔術で保護されているように見える。

「そろそろこちらにフェリクス殿下も向かっておられる。それまでは俺たちだけでも問題はないだろう」

え？

「あの……ハロルド様。殿下が来ると仰いましたか？」

「ああ。他にも数箇所、市井の民が囚われていた場所があってな。それらの対処は殿下とノエルが手分けして行っている。最も酷い場所であるここへは俺が遣わされたというわけだ」

嘘でしょ!?　数箇所と言っても数はそれなりに多かったはずだし、それらをたった二人で虱潰しにしていってるの？

二人の魔力が強いことは知ってはいたけれど。

「匿名で通報があってな。その他にも騎士が派遣されているから、被害者の保護もここ以外は進んでいる。幸い、死人はゼロだ」

騎士団の手際の良さに驚いたが、これなら死傷者ゼロで済ませられるかもしれない。

少し胸を撫で下ろしたところで、ようやく思い出すことが出来るようになった。

そういえば、リーリエ様はどこへ行ったのだろう？　と。

物語通りであれば、彼はリーリエ様を守っているはずだ。

「リーリエ様はどうされたのです？」

「ユーリ殿下と騎士たちが護衛としてそばにいるだろう」

会話をしながら敵の攻撃をしのいでいるから、驚いた拍子に攻撃が急所から逸れるところだった。

シナリオをぶっ壊したのは確かに私だけど、まさかそんなことになっているとは！

「……!?」

何？　新手？

ふいに、ぶわっと濃厚な魔力の気配が漂ってきて、思わず身構える。

武器を振るいつつ、召喚陣を見やるも、そちらには何もなかった。

いや、そもそもこの魔力は禍々しいものではなくて、どちらかと言えば清廉な透き通った魔力で。

ふと、辺り一面にぶわっと蒼の炎が燃え盛った。

「嘘……、何これ？」

炎が蒼いだけではない、氷のように冷たい炎らしき何かが、周囲の敵を一掃したのだ。

ちろちろと肌に触れる蒼の炎は冷たいけれど、私たちを害するものではない。

ただ、増えに増えた魔狼の断末魔の叫び声が辺り一面から聞こえるだけで。

「この強力な魔力はいったい何なの……」

物理法則などねじ曲げたような炎の魔術。

吹雪が吹いた後みたいに、この場の空気の温度が下がり、氷を丸ごと孕(はら)んだみたいな炎は今もまだ燃えている。

周囲の魔狼はやがて動かなくなり、凍傷を負っていく。

ハロルド様は「ああ」と慣れたように頷くと、その答えを口にした。

「フェリクス殿下の魔術だ」

『人間とは思えないほどの魔力量だな』

それは、ルナにもそう言わしめるほどの干渉力を持った、純粋に強すぎる魔力の気配だった。

召喚陣から魔獣はまだ召喚され続けている。

召喚された端から、蒼の炎に飲み込まれ氷漬けにされて、氷の欠片となって崩れ落ちていく。

その炎は傲慢に召喚陣へと居座り、生み出される命を出現したそばから食い散らかしていくようだった。

消費されていく度に、描かれた召喚陣は威力が減じて薄くなっていく。

召喚陣は物理法則に反した魔術になす術もない。

雷を纏わせた攻撃をしていたハロルド様の魔力は実は火属性。

フェリクス殿下が今使っていた魔術も火属性。

火というものは、固体でもなく、液体でもなく、気体でもない。

物理的解釈としては、炎はプラズマという状態であることが多い。本来ならプラズマは高温な物質から成るものであり、冷たい火なんていうものは自然界ではありえないものだ。

魔力の使い方でこうも変わるとは誰しも思わないだろう。

燃焼という概念を成立させてから、魔力で複合的な性質へ変質させたとかそういうことなのかしら？　仕組みが気になるけど、とりあえず今はそういうことを言っている場合ではないのは分かる。

何気なく使っているが、フェリクス殿下のやっていることは超難易度すぎる。

氷ならば、水の魔術から氷へと変化させるのが一番楽だが、そこをフェリクス殿下はあえて炎から変質させていったのだから。

触れると氷漬けにされてしまうというのに、炎の性質を持った蒼い炎は、獣の群れへと燃え広がっていく。

『この魔術、打ち消すのが難しそうな代物だな』

ルナの感心したような呟きが耳に入った。

燃え広がる性質から、普通に氷の魔術を使うよりも広範囲を攻撃出来るうえ、二つの性質を持つから、水によって消火されることもなければ、火によって溶かされることもない……。

確かにこれ、どうやって攻略すれば良いのだろう。敵に回したら厄介だ。

「後は召喚陣ごと燃やしていれば終わりかな？」

何事もなかったような、それが当たり前のような、この場の凄惨な光景には似合わない落ち着いた声が響いた。

「フェリクス殿下。被害者は奥の方に。防御膜がしっかりと張られているので死傷者はゼロかと」

ハロルド様の視線の先を追うと、今も燃え盛るこの空間を生み出す主が、騎士を従え佇んでいる。

「……被害者の保護を頼む」

フェリクス殿下は、後ろにいた騎士たちに低く一言命令する。

ルナはそれを耳にすると、防御膜をすっと解いて私の元へと、音もなく近寄ってきた。

気付いたら、手にもふっと鼻が触れ、咥えていたらしいそれを受け取った。

「……？」

受け取った硬質なそれ。

眼鏡だった。

あ、まずい。

そう思った瞬間に、こちらに気付いたフェリクス殿下と目が合ってしまって、彼は驚いたように目を見開いた。

はい。どう考えても私は素顔ですね。

ニッコリと微笑みを浮かべるが、これはもはや条件反射である。

私の顔を凝視(ぎょうし)しているフェリクス殿下をよそに、こっそりと手に持っていた眼鏡をポーチに仕舞う。

どうしよう。遭遇してしまった……。私、何回同じ失敗をしているんだ……。

さっきからこちらをガン見しているのが分かるので、そちらを向くことが出来ない。

熱い視線。燃え盛る蒼の炎と、獣の断末魔の叫びが、やけに響き渡っている気がする。

さりげなく移動して、ハロルド様の背中に隠れてみる。最後の足掻きである。

「ハロルド。そちらの女性は、お前の知り合いか？」

私が彼を盾にしたせいで、剣呑(けんのん)な目を向けられるハロルド様にはとても申し訳ない。

ハロルド様は何を言っているのか分からないようで、首を傾げる。

「殿下？　何を仰っているのか……。この人は……むぐっ……！」

横から飛びかかり、とっさにハロルド様の口を抑えた。

淑女としては失格だが、そうも言っていられない。

こそりと耳打ちする。

「色々あって素顔を知られたくないので、私がレイラだと言わないでください」

早口で言ってすぐに離れて、ハロルド様の後ろにサッと隠れる。

ハロルド様はジロリとフェリクス殿下に睨みつけられるが、それに屈することなく踏ん張り、私の必死さに何かを察したのか、合わせてくれる。

「……俺の、知り合いです。……その、不審人物などではないので。今回も、俺の戦闘に協力してくれましたし。腕は確かです！」

かなり目は泳ぎながら。

そんなハロルド様を冷たい視線で射抜きながら、背中に隠れる私に近付いてくる殿下。

「知ってる。先ほど、戦っているのは遠くから見えたからね」

「……っ！」

ぐっと手首を掴まれて、ハロルド様の背中から引きずり出され、私はたたらを踏んだ。

声は怒っているわけではないし、態度からも彼が不機嫌ではないと分かる。

掴む手は強く、逃がさないと言われているようだったけれど、私が痛そうにした瞬間、すぐに掴む手は優しくなった。

緩やかで私が振り払うことの出来るような拘束だった。

しかも私と目が合うと、なぜか優しく微笑んでくる。

「やっと貴女と会えて嬉しいよ」

そんな様子を目を白黒とさせながら、見つめるハロルド様。

うん。貴方は私の素顔を見ているからわけが分からないよね。

眼鏡とはいえ、これは立派な魔道具なのだから、効果は絶大だ。

『ご主人。注意事項だ。声を出したら正体が知れるぞ』

そう。前回の遭遇の時、眼鏡を外しているだけだったのに、私があの夜の不審者と同一人物だと即座にバレた。

私の声をフェリクス殿下は既に知っているから、声を出したら一発でバレる。

「被害は少ないが、ここから少し離れた地点で召喚陣から出てきた魔獣が一部、被害を出したらしい。召喚陣の破壊を確認したら出よう。状況報告をしながら、そちらの地点へ向かおうか」

「……はい。かしこまりました」

困惑したハロルド様の声。

その目は私に「大丈夫なのか、これは」と語っている。

ハロルド様に指示を出しながらも、私の手首を掴む手は離れなかった。

先ほどから、さり気なく振りほどこうとしていたのだが、抵抗はすぐに止めた。

フェリクス殿下は、私の腰に手を回して抱き寄せつつエスコートらしきことを始めたのだから。

そんな時、ルナが一言。

『後ろの騎士が混乱しているようだ』

騎士？　ハロルド様？　いや、付き従ってきた騎士たちも全員だろう。

逃げようと身動ぎつつも、好きな人を振り払うことも出来なくて。

いや、そもそも王太子殿下を振り払うのも良くない。……とんでもないことは既に色々やらかしているような気がしないでもないけど！

「こうしていれば、前みたいに逃がすことはないよね？」

前みたいに。二度、遭遇して私は彼から二度逃げ出した。

ビクリと身を震わせる私を見て、うっそりと笑う殿下は、獲物を狙う獣みたいな目をしている。

じゅわぁ……と音がしたので振り返ると、召喚陣が消滅しているのが目に入る。

魔獣の残骸が氷漬けられ、粉々になり蒸発していけば、後にはもう何も残らなかった。

そこにあるのは、慌ただしく被害者を運び込む騎士たちの声だけ。

怪我をしたらしい一般市民が集まる地点へと向かう最中、フェリクス殿下とハロルド様は情報交換しつつ、近くの住民へと聞き取りを行うことが分かった。

騎士の皆様にも指示を飛ばし、何人かは先行していった。

ハロルド様が報告する際に、殿下は何か言いたげに私を見つめていたが、それを私は無視した。その度に私の肩を抱き寄せる手はほんの少しだけ強くなる。

そして後に続く騎士たちは、その光景に誰も何も言わなくなった。

慣れって怖い。

もう、囚われて抜け出せないと思っていた私だったけれど、被害者が出たという地点へ向かい、怪我人へと対応する人々を見て、とっさにフェリクス殿下を振りほどいた。唖然とする殿下。

「え？」

「っ……！」

振りほどけるくらいの拘束とはいえ、本当に振りほどかれるとは思わなかったらしく、フェリクス殿下は意外そうにしていた。

うう。私が拒否出来ないの、この人は知っているのかもしれない。

そんな気がするのだけど気のせいだろうか？

とにかく、怪我人の手当の手伝いへと交じった。

応急手当をするなら一刻を争う。魔力耐性のない一般人相手ならなおさら。

「……彼女は応急処置が出来るのか」

「……ま、まあ。それは、はい」

いつになくしどろもどろなハロルド様の声を背中にしつつ、私は携帯している医療資格書を出しつつ、応急手当に奔走することにした。

私の必死さが通じたのか、とりあえず好きにさせてくれるようだ。

だいぶ後ろでフェリクス殿下が指示を飛ばしていて、忙しそうにこの場を後にした。

きっと、聞き取り調査や事件の把握、黒幕の有無の確認など、やることは山積みだ。

私は医療関係者らしい人に声をかけ、手元の証明書を提示した。

「魔力や瘴気などの障(さわ)りに関しての処置方法ですが――」

神秘で傷付けられたものは、通常の傷とは一線を画すものだ。

特に瘴気や呪いや悪意のある攻撃的な魔力による傷は、処置をしなければ被害者の体を苛む。

解呪しなければ、じわじわと火傷は悪化していったりもする。

私が今日向かうと言っていた薬屋へ使いを出し、魔法のポーチに入れてきた常備薬では足りないものを補充するように手配をした。

そして応急処置をした後に提案をする。

「応急処置はし終わりました。回復させるために、治癒魔術を使いたいのですが、効果はゆっくりですし、いきなり痛みを消すものではありませんが……」

光の魔力の持ち主ならば、あっという間だけれど、私たち闇の魔力の持ち主による治癒魔術はそこまで効果が強いわけではない。

『ご主人、大掛かりな魔術の気配がする』

私の影の中にいるルナが呟いた。

こんな時に何事かと思いきや、転移魔術が私がいる場所の真ん前に出現した。

ふわりと風が巻き起こり、私はさっと後ろへと下がって防御膜を展開させようとしたけれど。

風の中心から現れたのは、無表情のノエル様と、何かを決意した様子のリーリエ様だった。

え？　何でここに？

そう思っていたら、リーリエ様がにっこりと笑ってこう言った。

「光の魔力の持ち主の話は有名でしょう？　私は大掛かりな治癒魔術が可能なんです」

リーリエ様が光の魔術師として開花していることを私は知っていたけど……。

まさかここに来るとは思ってもみなかった。

光の魔術の行使を、私はあまり見たことがない。

胸の前で手を祈るように組んだリーリエ様は目を閉じて、辺りに光の粒子を巻き起こした。

ふわりと花の香りが辺りに広がり、柔らかな風が巻き起こり、周囲の人々を包んでいく。

暖かな、春風みたいな……。

私の消費していた魔力さえ回復していく。

倒れていた人々は、運ぶことよりもまず応急処置を優先していたのだが、彼らの火傷の傷が見る見るうちに消えていくのを目にした。

意識を失っていた人はぼんやりとしながら、その場に起き上がっていく。

光の粒子により、周辺は眩い光の中にあった。

私は彼女の頭上で旋回している光の精霊の姿を見て、あまりの神々しさに、見とれた。

これが光の魔術。ただでさえ魔力の消費が激しい治癒魔術をいとも簡単に行えるなんて。

リーリエ様は微笑んでいて、まるで聖女のようで。疲れなど微塵(みじん)も見せないまま、光の魔術を行使していた。

「女神だ……」

「違う。聖女だ……！」

この場にいた者たちは、リーリエ様を取り囲み、歓声を上げている。

とりあえず、この場で私にやることがないのは分かった。

あまりリーリエ様と顔を合わせるのは得策ではなかったため、そっと引っ込んで裏道へと入っていった。

『すごい盛り上がりだな』

苦々しい声のルナは、どうやらあの光の精霊があまり得意ではないらしい。

「ね、すごいわよね。あんなに強力な治癒魔術、見たことないもの。……それより、そろそろ戻ろうと思うのだけど」

『学園にか？』

「あまり私が彷徨っているとボロを出しそうで……」

そろそろ着替えて、こっそり学園に戻ろうと画策していた。

素顔を見られたこともある。

幸い、有耶無耶（うやむや）になって身を隠すことが出来そうだ。

フェリクス殿下は私を逃がさないと言っていたけれど、構うことはない。逃げられるなら逃げるべきだと本能が言っていた。

責任ある立場だから、あの時、私に構うことが出来なかったのだろう。だから私は、こうして逃げ出すことが出来た。

感情に囚われずに冷静に判断して指示を飛ばす彼が王になるのなら、将来は安泰だ。

裏道を少し進み、さらに曲がろうとした時だった。

曲がり角から現れた誰かと思い切りぶつかり倒れかける。

がしっと肩を掴まれ、支えてくれる誰かを目にしたとたん、己の不運を呪った。

「貴女はなぜ、こんな裏道に？」

「……」

フェリクス殿下も、なぜこんな暗い道にいるのですか？

まさか、こんなことってないだろう。こんな裏道、誰も通らないような場所で誰かと遭遇すること自体珍しいのに、よりによって今会いたくない人とぶつかるなんて、私は何かに呪われているのだろうか。

通ってきた方向――後ろを振り向いて、それから殿下が来た方向を一瞥し、本当に私たち二人きりだということを再確認して――絶望した。

「奇遇だね。なぜこんなところにいるのかは分からないけど、ここで会えて良かった。私がここにいなければ二度と会えなかったかもしれないからね」

さっきまで聞き取りとか仕事とかしていたはずだけど、なぜこんな暗い場所にいるのか。

早く表に出た方が良いのでは？

そんな思いが顔に出たのか、フェリクス殿下は思い至ったように教えてくれた。

「念話で報告を受けたんだ。今、私があの場所に戻ったら面倒なことになる」

あの場所。リーリエ様が奇跡を起こした場所。

あの場を掌握したリーリエ様と王太子であるフェリクス殿下が並んで、リーリエ様がいつものように紛らわしい行動を取ったならば確かに面倒そうだ。

なんというか、あることないこと噂にされて、学園内の噂どころではなくなるというか。

光の魔術を扱う特別なリーリエ様が想う相手は王太子。

物語めいた符牒。お膳立てされたように揃った舞台。民衆という目撃者。

これは外堀が埋まっていくやつだ。

「……」

「ほとぼりが冷めるまで隠れていようと思ってね。少し話し相手になってくれる？」

伸びてきた手は私の手首を掴む。

私を傷付けないように優しく触れる手に、触れられているだけで胸がいっぱいになってしまって、私は振り払うことが出来ない。

逃げたいと思っているのに。

触れられたら逃げられない。魔術を使われているわけでもないのに。

殿下が私に触れる。そんな単純な事実に私は翻弄されている。

私の手を掴んだり肩を抱き寄せてきたりするのは、うすうす勘づいているからかもしれない。

私が隙さえあれば逃げようとしているということを。

そして無意識に知っているのかもしれない。彼に触れられた瞬間から、私が抗えないということを。

自分の感情が厄介だった。

かくして、質問という名の尋問が始まった。

「貴女はいったい、何者？　所作や仕草から、貴族令嬢というのは分かるよ」

「……」

そっと視線を逸らしながら、適当に頷いた。

『声を出したら、そこで終わるぞ』

ルナの忠告が辛い。話さずにどうしろと。

「私と会ったことがあるんだけど覚えてる？」

「……」

ふるふると私は首を横に振った。

「……それと先ほどから聞きたかったのだけど」

少しずつ私は距離を取って後退するけれど、ゆっくりと確実に私は追い込まれていく。

壁に背中がとんっと触れて、まるで閉じ込めるみたいに殿下の手のひらが真横についた。

気が付けば壁に追いやられる形になり、俯いた私の顎にかけられた指で、さり気なくゆっくりと顔を上げさせられる。

私を脅かさないように気をつけているのかもしれない。優しく丁寧な、繊細な壊れ物を扱うような手つきで彼は私に触れている。

「目を逸らすのはなぜ？　貴女が話せることは知っている。それなのになぜ、私の前では口を利かないの？」

合わせられた視線は私を責め立てているように見えた。

それも当たり前だと思う。顔を合わせて、返事もしないどころか逃げようとしている時点で、私は無礼者だ。

子どもと目を合わせるように、ゆっくりと覗き込まれる。

触れる手は優しいのに振りほどけないのは、私の意思が弱いせいかもしれなかった。

フェリクス殿下は、私がハロルド様と話していたのも知っているし、それに応急処置のために奔走していたのも見られてる。

彼にとっては、なぜか自分にだけ口を利こうとしない正体不明の女という認識だろう。

一目惚れ云々の話は、とりあえず置いておくとして。

ちらりと遠くへと視線をやったが誰かが近付く気配はない。フェリクス殿下はこのままここで私と話していても良いのだろうか。

そんな私の思いが顔に出ていたのか、殿下は私の頬を軽く撫でると言った。

「あの場の騒ぎが収まるまで少し時間がかかるからね。私の時間はまだたっぷりとあるよ。声を聞かせてくれるまで逃がさない」

フェリクス殿下はわずかに目を細めて口元を緩めた。

私にはもう後がない状態で、フェリクス殿下にとっては好機だ。彼はわずかに余裕のありそうな笑みを浮かべている。

そもそも、声を聞かせたら、それで済む問題なのだろうか？

事態は悪化し、新たな問題が発生するのは目に見えている。どうして声を変える魔術を勉強してなかったんだろう、私。

「私からの質問には何も答えなくて良いから、まずは貴女の声を聞かせて」

「…………」

空白の時間が過ぎ去っていく。

音もなく、お互いの息遣いに気を配りながらどれだけ時間が経過しているのか分からないまま、無言が続く。

「どうか、声を聞かせてくれる？」

それは切望か嘆願か、哀願か、懇願か。それだけで良いのだと、彼は望んでいた。

「……………」

「ただ、声を聞かせるだけなら出来るよね？　さっきハロルドとは会話していたのだから」

「…………」

その通り過ぎて固まることしか出来ない。

「そうか。声を聞かせることも出来ない？」

「……」

フェリクス殿下は何も答えない私を不敬だと罰することはしないらしい。

ただ、焦れに焦れてしまっていたらしく、溜息をついた後に、私の顎を掴み固定すると。

「十秒以内に何も言わなかったら――キスする。……されるのが嫌なら、何か言うことだ」

それは強硬手段だった。まさか、こんな風に脅しにも似た何かを言われるなんて。秒数を数えるフェリクス殿下の声は、低いままで彼が何を考えているか分からない。十秒なんてあっという間だ。私は結局何も言えないままで。

この状況で何を言えば良いの？　口を開いたら、私だってバレてしまうのに？

「……時間切れだ。ずいぶんと強情だね」

今にも唇同士が掠めて触れそうなほど、顔を寄せられて、私はぎゅっと目を瞑った。

唇同士が重なる寸前、ピタリとフェリクス殿下の動きが止まる。

そっと薄目を開けておそるおそる様子を窺えば、ふっと吐息が唇に触れる。

「なるほど。よっぽど、声を出すのが嫌みたいだね」

フェリクス殿下はおもむろに顔を離すと、仕方なさそうに笑って、肩を竦めた。

ようやく呼吸が出来るようになって、私はほんの少しだけ肩の力を抜いた。

「淑女相手に無理矢理どうこうなんてするつもりはない。そんなのは虚しいだけだ。……ただ、少し脅してみようとは思ったけれど」

いまだ壁に背中はつけたままだし、腕が囲いのようになって彼と壁の間に閉じ込められている状況だけど、どうやらこれ以上何かが起こることはなさそうだ。

フェリクス殿下は、紳士だ。無理矢理触れるなんてしない人だった。

もしかして私の方が自意識過剰だったり？

羞恥からか、私の顔は熱くなっている。

「そんなに怯えられると、ものすごく悪いことをした気分になるな」

顎はまだ掴まれたままで固定されているため、目は逸らせない。

キスはしないとはいえ、間近で私の目を覗き込まれるのは居心地が悪かった。

顎を掴んでいた親指が、私の唇を愛撫するみたいに触れる。

何気ないその行動にビクリと身を震わせつつも、声を決して出さない私の様子に、殿下の苦笑は深まった。

「うーん。ここまで強情とは。……いっそのこと、くすぐってみる？」

「……!?」

殿下の手が脇腹付近に添えられる。

それもそれで淑女にやることではないと思う！

悪戯を思いついた子どもみたいな表情をする殿下を見て、本能的に危機感を覚えた私は、魔術を発現させた。

絶対にこれは本気だ！　目が本気だから分かる！

身体能力強化の魔術をかけて、慌てて身を捩り振り払って、殿下の腕から抜け出して。

事故が起こった。

何かに思い切り噛み付いた感触。ガリッという嫌な音。口の中に広がる血の味。

そして、視界に映るのは、親指から血を流す殿下の姿。

状況が飲み込めない中、ルナが端的に解説する。

『ご主人は無意識に王太子の指に噛み付いた。その結果、血が出た。以上だ。良い噛み付きっぷりだったぞ、ご主人』

たぶんそこは褒めるところじゃないと思う……。

や、やってしまった。

どうやら逃げようとして、私の唇を撫でていた殿下の指を思い切り噛んだらしい。

確かに思い切り何かに噛み付いた気がする。私は犬か。淑女としてこれはどうなの。

いやいや、待って。本当に淑女としてこれは……。しかも流血なんて、なんて猟奇的な……。

状況を理解していくと、とんでもないことをやらかしたことに気付く。

「大丈夫、大丈夫。それほど傷は深くないし、ハンカチも一枚で良いから」

動揺した私はポーチの中からハンカチを五枚くらい出して、慌てて殿下に押し付けていたようだ。

「ごめんね。ちょっとした悪戯心だったんだけど」

どう見ても本気の目をしていたと突っ込むことは出来ない。加害者は私。

なんということをしてしまったのか！

あ、相手は王族……。前回のキスといい、私って。……私って。

青ざめる私とは逆で、殿下の様子は普通だ。

痛がったり怒ったりすることもなく、むしろ微笑んでいる気がする。

「狙ったわけではないけど、私にとっては非常に都合が良かった。今日は貴女と会えたし、ついている日なのかもしれない」

何を言っているのだろう。殿下がわけの分からないことを言っている。

とにかく指の怪我を治さないといけないと思った私が彼に一歩近付いたところで。

「私の血を口にしたからか、貴女の中から私の魔力の気配がする。王家の魔力は強いし、貴女が完全に自分の魔力として取り込むのに数日はかかるだろうね」

私はハッとした。どうやら殿下の血を口にした後、無意識に飲み込んでしまったらしい。

魔術師にとって、血は魔力の塊と言っても過言ではないというのに。

血を材料として使う魔術が数えきれないほどあるのは、そういう理由だ。

血を採取してしまえば、魔術師の特性を詳らかにしてしまうことも可能で、つまり、それほどまでに魔術師の血というのは重要な意味を持つわけで。

それを少量とはいえ、体の中に入れてしまったということの重大さ。

「自分の魔力の気配くらい探すのは簡単だ。貴女を探すための数日間の猶予が出来たも同然。貴女がどんな格好や姿をしていても、確実に見破る自信があるよ」

簡単に言ってしまえば、これはマーキングに近いものだ。誰も意図していなかった、完全なる事故。フェリクス殿下は、焦る私を見て余裕ありげに微笑んでいる。

嫌な予感がする。非常に嫌な予感がする。早く、帰ろう。出来るだけ、早く。

対策をするためにも帰らなければならなかった。

「貴女も混乱しているようだし、また明日会いに行こうかな」

それは勝利宣言。この場は逃がしてあげると彼の目が言っている。

落ち着いて確認してみると、己の中にある魔力に、他人のものが混じり込んでいるのが分かる。それも主張するみたいな顕著さで。

私は、とにかくその場を離れたくて逃げ出した。これは戦略的撤退である。

時折後ろを振り返ってみれば、フェリクス殿下はまだ私を見送っている。

本当にどうしよう？

『ご主人。分かっているとは思うが、そなたから別の魔力の気配が強まっている。これが王家の血に宿る魔力か』

本当に王家の血筋は、恐ろしい。どれだけの魔力が血に溶け込んでいるのだろう？

ほんの少しの血液だったというのに、私の体内の魔力は今までとは比べ物にならないほどに増加しているのだから。

どこにいても私は、見つけられてしまうだろう。それだけは分かった。

これは数日、殿下の魔力が私の体内に存在することになるかも。

いつまでも逃げられないことは分かっていたけれど……。

『ご主人。そなたは正体を隠したいのだろう？　まだ方法はあるぞ』

「ルナ？」

『王太子との鉢合わせを許してしまった私にも責任はある。協力出来ることはしよう』

他人の魔力を取り入れると、やがて馴染み自分の魔力の一部になる。

それと同じように、魔術師の血液を口にするとかなりの量の魔力を得ることが出来る。

魔術師の血液には魔力が凝縮されているからだ。血は様々な魔術の贄（にえ）になるので、媒体として使われることが多い。魔術師殺しをする者がいるのはそのせいだ。

魔術師の血ではなくても、血は生命力そのものだというのに、強い魔力を含む血など格好の餌食だ。

だから学園では戦闘をまず学ぶことになる。

そして魔力が強く、干渉力も並外れている王家の者の血液はさらに特別だった。

その血液だけでも恐ろしいほどに力を発揮する。血が他人の体の中に入った後もしばらくは失うことのない干渉力。

つまり、血を介して、相手を思うままに操ることすら出来てしまう空恐ろしい代物。

例えるならば、他人の体に爆弾を入れたようなもので、合図さえすれば魔術が発動する凶器にもなる。

それも、普通の魔術師が操る洗脳系の魔術と違って、抵抗することも許さない無慈悲さで。

そんな王家の中でも飛び抜けて魔力と干渉力が強かったのが、私――フェリクス＝オルコット＝クレアシオンだ。

その力を使うつもりなど一生なかったし、人を操るつもりもなかったが、運命の悪戯なのか、彼女は偶然にも私の血を口にしてしまった。

まさか噛み付かれるとは思ってもみなかったんだけど。

私は、月の女神である彼女が顔を青ざめさせていたことを思い出して、くすりと笑う。

彼女には悪いけど、好きな子を虐めたりからかったりする子どもの気持ちが少し分かってしまった。……困らせてみたい、色々な表情を見てみたいという感情は、きっとあの少女にとっては迷惑な話だろう。


話は少し前に遡る。それは、試験が終わった直後のことだった。

匿名の通報により向かった先で、被害者を救助し、魔獣を倒し、召喚陣を破壊して、ハロルドに合流した時のことだ。

会いたいと思っていた月の女神と再会したのは。

大鎌を携えたその姿は、本当に人ならざる者と錯覚してしまうほど、綺麗で。

ハロルドと並び立ち、敵を一掃していく姿を見て、その素晴らしい連携に正直嫉妬した。初めて会ったばかりとは思えないほどだったから。

電撃が光る様と彼女の髪が靡く様が、絶妙に合わさっている気がした。

どちらも月の色に少し似ている。

私が先に見つけたのに。

しかも、自分の姿を見たとたんにハロルドの後ろに隠れるから、本気でどうしてやろうかと思った。

私とだけ会話しないというのも、それはそれで精神的にクるものがある。裸を見たから怒っているとか?

そんな簡単なことではないと思うけれど、思い当たることが他になかった。

私のことを覚えていないわけではないようだし、それ以外にやらかした覚えがないのだ。

その後、被害者が出たらしい地点に行くと、私の腕の中から彼女が飛び出していって、テキパキと慣れた手つきで応急手当を施し始めたのだ。

それを見た時に覚えた既視感。

ああ、医務室の彼女だ。

見た瞬間、そう思って、それから悟った。恐らくそれが正解であることを。

怪我人を懸命に治療していく姿に見覚えがあった。その瞬間から頭の中にあった欠片が形を成していったのだ。カチリとパズルのピースが嵌っていく感覚に近い。

苦しみに喘いでいる市井の民たちを必死で応急手当する姿。

あのハロルドが共闘し、信頼している様子。

レイラがかけている眼鏡が何らかの魔術具であるという事実。

私の前でだけは、一度も声を出さない彼女。

似たような背格好。

決定打は、戦う時の足運びが同じだったこと。

ハロルドに散々付き合わされたおかげかな。

まさか自分が、ハロルドのような判別方法をするとは思わなかった。

ハロルドの影響からか、人の戦う様子を観察したり、分析する癖がついてしまっていて、今ではそれなりに目は鍛えられていると自負している。

戦闘を見さえすれば、本人かそうでないかくらいは区別出来る、はずだ。

今回、それらのヒントとほんの少しの直感で、私は答えを導き出した。

彼女の正体が、私のよく知る医務室の少女だと思い至った瞬間、これ以上ないほどの喜びに満たされた。

レイラと月の女神が同一人物？　私にとってここまで都合の良い現実があって良いのだろうか？　都合の良い夢のようなものだったそれが、この瞬間に都合の良い現実になるなんて。

半ば確信した事実に、自然と笑みが浮かんでいた。

思えば、貴族令嬢の中にあんなにも綺麗な銀の髪を持つ少女は他にいなかったのだ。

彼女が応急手当に奔走する中、自分も騎士たちに仕事を振り分け、事件を収束させるために動いていた。

無事に収拾すると思った矢先のこと。

世の中そう上手くはいかないようだと、私は内心思った。

今回、リーリエ嬢は学園に置いてきたのだが、そのリーリエ嬢が治癒魔術を使いにこちらにやってきてしまい、しかも大勢の前で魔術を行使して騒ぎになってしまったのだ。

光の巫女やら聖女だ何だと喝采を浴びるリーリエ嬢の隣に私がいては、あることないこと噂にされることは確実だったので、一瞬だけ身を隠すことにした。

そして、たまたま入り込んだ裏道で、偶然にも彼女と顔を合わせることが出来たのだった。


ここで話は最初に戻る。

ちょっとした事故があり、私の魔力が含まれた血液を偶然にも彼女は口にしてしまった。

案の定、彼女の魔力の中には私の気配も混じり始めて。

彼女が口にしてしまったわずかな血液は、干渉力も魔力も強い王族の血だ。

数日間は、彼女の中の自分の血に干渉出来るため、たとえ私の魔力の気配を消したとしても、意味はない。

次にレイラと会った時、彼女の体内に恐らくあるであろう自分の魔力を発動させてみれば一発だ。

少しだけ手を上げさせるとか、軽い発動にしておこう。

これで、レイラが月の女神の正体であると確実に証明出来る。

要するに自分に流れる王家の血は、楔（くさび）か印みたいなものに似ている。

もしくは呪い、か。

王族は血を飲ませた相手の生殺与奪権を握ったも同然。

あまりにも恐ろしい事実のため、王家の記録にも残っていない。もはや、禁呪ではないかと私は思う。

だから、強い魔力を持った王家の人間は暴走をしないように、幼い頃から過酷な魔術訓練に明け暮れることになる。王太子である私もしかり。

未熟な者が過ぎたる力を持ってはならないからだ。

もちろん、彼女をどうこうするつもりなどない。初めてそばにいてほしいと願った女性なのだから。

小賢しい真似をして手に入れたところで虚しいだけだし、私は彼女の心が欲しい。

慌てて狼狽しきった銀の髪を持つ乙女。紫水晶の瞳。

ただ色々な表情の彼女が見たいだけなんだ。

そうだ、その次に会った時に本の感想を伝えよう。

何を話そうか。どうしたら、好きになってくれるだろうか？

理性を保ったまま、私は静かに恋に狂っていた。

自分の新たな一面にわずかに苦笑した。

王家に生まれた人間としての務めや使命ばかりが頭の中にあったけれど、彼女の存在が刻み込まれてからは、今までの自分とは精神構造が大きく変わったような気がするのだ。

彼女と会う少し前までリーリエ嬢の一件で悩んでいたのに、それすらも瑣末（さまつ）なことだと言い切っても良いくらいだ。

リーリエ嬢が大勢の前で魔術を使った結果、彼女の力が公になってしまい、多くの人間がその価値に気付いた。

その結果、起こるであろう面倒事も甘んじて受け入れよう。

リーリエ嬢を利用する人間が増えようとも、彼女の力を利用して王家に横槍を入れようとする貴族が増えようとも、光の魔力を目当てに貴族たちがリーリエ嬢に接触しようと目論み始めようとも。

無数にある胡散臭い魔術組織が光の魔力を目当てに活発化しようとも、リーリエ嬢の身柄を売ろうと目論む裏社会の者たちがその存在を顕(あらわ)にしようとも。

研究熱心な魔術研究者たちが暴走しようとも、王家の中に光の魔力の持ち主を入れようと企む者が蠢動(しゅんどう)しようとも、全て。

頭痛の種はいつも目の前にあるけれど、好きな女性がこの国で暮らしていく未来を守るためなら、こんなことは瑣末事なのだ。

今夜は楽しい楽しい仕事が待ち受けているだろうが、このままの高揚感を保ったまま、乗り切ることが出来る気がした。私は一人、こっそりと呟いた。

「はあ、我ながら浮かれすぎか」

良し、切り替えよう。頭の中を。頭の中をお花畑にするわけにはいかない。

光の魔力の持ち主と治癒魔術についての問題点を意識的に頭の中に思い浮かべてみたら、それは思いのほか上手くいった。

治癒魔術は劇薬だ。良いもののはずだが、ものには限度がある。

お金がかからず、リーリエ嬢の慈悲の心で行われた魔術は、本来ならばそう簡単に使って良いものではない。

簡単に使い、乱用すれば医療現場が瀕死になる。

「まずいな」

「どうされました？」

今さっき合流したばかりの騎士の一人が、私の独り言に反応した。

「治癒魔術をポンポンと使い、皆がその強力な力を享受してしまえば、医療現場はいらなくなる」

「はい？」

リーリエ嬢は奇跡の価値をよく知らなければいけないし、少しは出し惜しみをしなければならない。

「君は、無料で光の魔術の奇跡を連発する魔術師と、普通の医者どちらの方にかかりたい？」

「光の魔術師ですけど。……無料なら」

「ほら、医者が必要とされなくなったらあらゆる方面に影響が出るよね。薬屋もそうだし、医療現場で使う道具の専門店、ベッドのシーツの布代とか。患者が来なくてあまり使われなくなったりしたらね」

奇跡をバンバン使うリーリエ嬢の元に向かう者は増え、一方診療所の利用者はといえば、どんどん減っていく。

それに何より、権力が一か所に集中することになるのは危険だ。

どうやらリーリエ嬢の魔力量は無尽蔵みたいだった。つまり治し放題。それに今の彼女は下々の者たちを上手く捌(さば)きれない。恐らく期待に応え続けようとするはず。

あんなにも持ち上げられればそうなるか。

皆が皆そうであるとは言わないが、あの手の者たちは、期待に応えられなければすぐに手のひらを返すというのに。

表に出るのはまずいので、ゆっくりと裏道を歩いていれば、念話で話しかけられた。

『すまない。殿下。転移魔術に付いていくだけで精一杯だった。まさか僕のいるところにまで戻ってくるとは』

「ノエルか」

ノエルの念話からも苦労が伝わってくる。

彼は軽く状況を説明してくれた。

どうやら、ユーリたちに護衛されていたはずが、リーリエ嬢はそれを振り切って、現場に急行したらしい。その先で作戦行動中のノエルと出くわしたとのこと。

そこで、周囲の騎士たちの話を聞いて、怪我人が集まっていることを耳にしたから、とっさに転移してきたと。

あまりの頑固さに、ノエルは止めることが出来ず、その勢いのまま転移に巻き込まれてここまで来たらしい。

そういえば、リーリエ嬢は精霊と契約していた。それなら振り切れるのも納得だ。

今回も慎重に行動してほしかったけれど、もう遅い。

人がたくさん溢れ返る広場の中心にリーリエ嬢が立っている。

自分がそこに行ったら、今度こそ一緒に巻き込まれて祭り上げられてしまうだろう。

だから近くに潜んで見つからないようにしないと。

リーリエ嬢は皆の前で微笑みながら言う。

「私の光の魔力は偶然、生まれ持った能力です。だから、自分が出来ることをしているだけなんです。私が出来るのはこれくらいだから……」

なるほど。確かに言っていることは正しいけれど、こちら側としては都合が悪すぎた。

己が出来る最善を尽くすというのは、無闇矢鱈に行動することではない。

リーリエ嬢も少々迂闊（うかつ）だったかな。

「光の魔力の持ち主なら、教会で活動するべきなのではないか？」

そこで一人の敬虔（けいけん）な信徒が立ち上がる。

父なる神に全てを捧げよということなのだろう。

教会の中に光の魔力の持ち主がいれば、良い心証を与えることが出来る。

教会の名の下にその力の行使も可能だろう。

光の魔力を使うなら、まずは法的に細かな条件を定めてからが良かったけれど。

それはもう、いまさらの話だ。

リーリエ嬢は時折、謎の行動力を発揮する。

普段は天真爛漫な普通の少女だというのに、ふとした瞬間、とても大胆になる。

こちらが指示した時は素直に従っていたけれど、何があってこうなったのか。

完全に私の監督不行届か。

陛下から命を受けているというのに、余計に仕事を増やしてしまった。

父である国王陛下は、光の魔力の持ち主の登場により活発化する貴族の管理や、合法な魔術結社の管理や、裏社会の監視、光の魔力の持ち主を欲しがる他国との折衝（せっしょう）——外交関係や、それらの違和感により波紋が広がる国内全土の安定化に務めている。

王太子である私が悪性の腫瘍を摘出し、国王陛下が国の安定を担う。

国王陛下に比べれば、自分はまだ楽な部類だ。なぜなら、ただ始末をしていくだけなのだから。

もちろん悪性の腫瘍を摘出した後は、後始末に追われることになるけれど、引き継ぎ作業よりも、安定や鎮静の方が時間がかかる分、面倒だ。

それにきっと、私よりも苦労している者は多数いるはずだ。

だから弱音を吐くことはしたくなかった。

これくらいで潰れるならば、潰れてしまえ。

リーリエ嬢一人管理出来ないなんて、不甲斐ない。

己の無力さに打ちひしがれている暇があるのなら、他にするべきことがあるだろう？

王家に取り込み、かつ、近すぎないように距離を取る……。

リーリエ嬢との距離感は失敗してしまった。彼女は私を好いてしまっている。

どうすれば良かったのか。何が間違っていたのか。

とにかくこの状況をどうにかしなければならない。

すぐそばの騎士に問われる。

「殿下、どうされますか？」

「……うん。少し怒って魅せようかな」

体内の魔力を呼び起こし、調整する。

漏れ出る魔力の量は多すぎても少なすぎてもいけない。

魔力と覇気と差が分からない程度に収めなければ。

広場に足を踏み入れると、リーリエ嬢を含めた大勢の人々の目が一斉にこちらへ向いた。

王家の証であるこの髪も目も、明るすぎて人の目を引いてしまう。相変わらず目立つ容姿だと我ながら思うけれど、これはこれで便利な時もあった。

「フェリクス様！　わたし、……！」

満面の笑みのリーリエ嬢が私の元に駆け寄ろうとしたが、彼女はふと足を止めた。

止めなければならないと本能的に感じたのだろう。

それ以上動くなと、視線で威圧した。

魔力に圧を込めて、この場の空気を掌握してから、ことさらにゆっくりと歩を進めた。

私が歩く度に、地面に氷が現れてピキンと割れていく。

ああ。少し、魔力を漏らしすぎたか。

張り詰めた空気、になっているだろうか？　威圧感はあるだろうか？

意識的に顔に浮かべるのは、犯人に対する憎悪と自らの力不足への悔恨。

普段の私は感情を表に出さないようにしているけれど、今回はあえてそれらを表に出した。

この現状を打開すべく奔走した、一人の若き王太子が静かに怒っている——そんな風に見えていれば良いと思う。

氷が燃え盛るように。凶悪犯にも自分にも。

父のような王者の風格が自分にあるかどうかは分からないが、今の自分は確実に周囲を威圧していた。それは人々の気圧（けお）されたような表情を見れば分かった。

普段は紳士的に見えるように心がけているから、こういうのは慣れない。

そして大勢の者に聞こえるように、一言だけ告げるのだ。

「……この惨状を作り上げた犯人を、私は決して許さない。……絶対に」

この場をリーリエ嬢の舞台になんかさせない。

光の魔力の持ち主が、これ以上注目を浴びてはいけないから。

リーリエ嬢との関係性も曲解されないようにという意味もあるけど。

普段は怒りを見せることのない私が、あえて怒って魅せた理由は、そういった事情からだった。

面倒だなあ。

今夜は確実に徹夜に違いない。諸々の後始末や報告書を片付けなければならないし、当事者としての伝達事項もたくさんある。

学園内の防犯もどうにかしないといけない。ああそうだ。今日の薬の消費、学園の備品なのかな？　明日、レイラに在庫は平気か聞いておこうかな。

憂鬱になりながらも、私はこの舞台で一人の役者として、王太子を演じ切ったのだった。

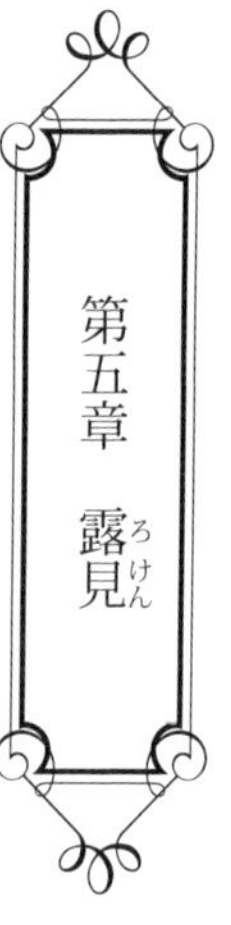

第五章　露見(ろけん)

見慣れた医務室。叔父様の研究室の奥にある冷蔵庫。この世界では魔力で動いているが、機能は前世で見たものと大体一緒だ。

人の姿に変化したルナは、その冷蔵庫をごそごそと探っていたが、目当てのものを中から取り出すと、ドヤァ！　したり顔を浮かべながら振り向いた。無表情に近いのに、ドヤ顔をしているのが分かって少し微笑ましい。

ルナが持っているのは……小瓶？

「見てくれ、この魔力回復薬を」

「え？　何これ。レイラ専用魔力回復薬？」

専用って何。何このラベルは。

「そなたの叔父が睡眠時間を削って開発した、そなた専用の魔力回復薬だ。原料として私の血が使われている代物だ」

「うわあ……」

叔父様がハイテンションな様子が目に浮かぶようだ。精霊の血を使って薬を作れるなんて、一生のうちに一度あるかないかだろう。

いつ作ったのか聞いてみれば、試験前だという。私が少しいない間に、ルナとの間で何があったのだろうか？

試験問題をギリギリまで作っていなかったのって、この薬を作っていたせいなんじゃ……？

新たな新事実に呆れる。叔父様らしいと言えばそうなのだけど。安定の叔父様だ。

「今の今まで正直忘れていたが、王太子の血に対抗出来るのは、精霊である私の血くらいだろう。この薬を飲むことで王太子の魔力の気配を精霊の魔力の気配で塗り替える……。より大きな魔力の方が主張するだろう？」

とりあえずはそれで対処するようだ。

「まあ、出会った時に強大な精霊の魔力に呆気に取られるだろうが、そんなことは些事だ。王太子に会うことがあったら『世の中には知らない方が良いこともある』と釘を刺しておこう」

それ明らかに怪しいと思うのは私だけ？

「ルナ？　そのほどほどにね？　貴方のことだから、おかしなことにならないと思うけど」

瓶の蓋を取り、その薬を口にすると、なぜだか知らないがミルクティーの味がした。

「何この味」

「味については、そなたの叔父が楽しそうにしていたから止めなかった。ミルク感を大事にしたと言っていた」

叔父様は何を目指しているのか、どこに向かっているのか。

薬を口にしたとたん、全身に行き渡るルナの気配。

普段そばにいるからだろう。馴染みのある気配に安心した私は、その場に思わず座り込んだ。

「安心したら腰が抜けた……」

「とりあえず寝ておくと良い」

今日は色々なことがあって疲れてしまったのかもしれない。

窓の外は既に夕方になり暗くなり始めている。

最終日は試験の科目は少なかったので、ここを出たのは昼と夕方の間くらい。

「あ……仕入れを忘れた」

「色々なことがあったのだから仕方ないだろう。そなたは頑張った」

「ルナも今日は色々とありがとう。貴方が守ってくれたおかげで、私は憂うことなく思い切り戦えたわ……って、ひゃあっ！」

お礼を言っていたら、ルナは唐突に私を抱え上げた。

いきなり何⁉

横抱きにされて運ばれた私は、研究室にあるソファの上に寝かされた。

「仮眠を取れ」

「うん……」

魔力の回復はしていたけれど、肉体的な疲労が回復していなかった私は、毛布をかけられると、すやすやと寝入ってしまった。

髪を優しく梳いてくれていた感触が気持ち良かった。

学園内の様子は忙（せわ）しなくて、騎士たちが動き回っている気配をうっすら感じながらも、私はそのまま眠ってしまった。

きっと、外の事件との兼ね合いとか、学園内の防犯とか情報共有とか、殿下たちがまだ動いているのだろうとか、考えれば想像がつくけれど。

私は明日からもやることは変わりなくて。

医務室の助手として出勤して、いつもの日常の中を生きるのだ。

仮眠を終えて、夜中に目を覚ました私は、自分の持ち金で取り寄せた素材を使って、今回消費した分の調合をもう一度作り直した。

仕入れと予算や薬そのものの数字が合わないと、後々面倒になるので今回の消費に関しては私のポケットマネーだ。

貯めておいて良かったと切実に思う。

通しで薬を作り終わり、部屋の空気を入れ替え、早朝に私はまたもやビーカーでコーヒーを作っていた。

「ふふ、黄金比があるのよね……」

キラーンと眼鏡が光る。

砂糖とミルクを入れないと、今日の私は胃がやられそうだ。

「叔父様がいないのはなぜかしら」

大方、昨日の件で対策本部に呼び出されているのだろうなと思う。

ふわぁあと近くにのっそりと座っていたルナは欠伸をしている。

医務室で私たちだけしかいないからか、ルナはリラックス状態だ。

平和だ。平和すぎる。

のほほんとしていた私だったけれど、そんな私の平穏は、早朝からのノックで破られることになる。

ルナがすんっとした表情になり、私の影の中へと入っていくのを確認してから、扉へと向かう。たぶんルナと似たような表情だと思う。

こんな早朝から誰がどんな用なのかと、警戒することなく扉を開けて後悔した。

私は馬鹿だ。その可能性を失念していた。

「灯りがついていたから顔を出してみたけれど、早いね」

「オハヨウゴザイマス、殿下」

いやいや、待って、落ち着いて、私。

私には何も疚しいことはない。ルナがくれた薬で気配は消した。

ただ、単に調合していたからこの時間に起きているだけで、別に怪しいこともないのだ。

だらだらと内心嫌な汗をかいていたが、表情は淑女らしく微笑んでいた。

目が合わせられないので、ちょうど首の辺りをガン見して誤魔化す。あからさまに俯くのはマナーに反するからだ。あと、焦点をずらしておこう……。

「どうされたのですか？　お早いですね」

そう。昨日のことは知らないから、私は普通のことしか言わないのだ。

ああ。何を話せば。

「私は夜中から調合をしておりまして……」

待って。これは言う必要あったのか？　余計な情報だろうか。

『落ち着け、ご主人。魔力の乱れが著しいぞ。そなたは何も知らない。そして今何か起こってることを知ったのだ』

ルナの落ち着いた声を聞いて、私は自分を取り戻す。

そばから見ると何も分からないかもしれないが、今の私はだいぶ取り乱していた。

だって、昨日。あんな、あんなことがあった相手が目の前にいて。

駄目だ。そういうことは考えてはいけない。

落ち着くことが先決だ。

うん。問題ないはず。魔力の気配は消したもの！

「今日は、学内で色々な噂が飛び交うと思う」

殿下は疲れたように言った。疲労感が増したような声だった。

「……そうなのですか。そういえば、昨日の夜も何やら学園内が騒然としていた気がします」

白々しい。我ながら非常に白々しい。

「昨日の昼頃から色々あってね」

「それで何か私に御用でも……？」

おそるおそる見上げてみて驚いた。

疲れきって目の下に大きなクマをこさえた殿下がいた。

顔色も若干悪いというのに、このお方はいつものアルカイックスマイルを維持している。

彼の麗しさは損なうことなく、むしろ憂いを帯びているせいで、男の色気のようなものが滲み出てしまっている。

もしかしなくても徹夜で寝不足？

昨日の騒ぎは思っていたよりも大事になったのかもしれない。

「うん。少し確認したいことがあって……」

殿下は目を細めて私をじっと見つめていたけれど、ふと何かに気付き驚いたように瞬きをした。

「え？　この気配」

きた。精霊の気配を感じ取ったのだろうか。困惑している雰囲気に私はしれっと返した。

「はい？　それより、殿下はお休みになられた方がよろしいのでは……」

この雰囲気だとこのまま仕事をしそうだ。

「……ああ、うん。大丈夫だよ、レイラ」

訝しげにしていた殿下だけど、すぐに切り替えて、私を安心させようと微笑んでいる。

うーん。それにしても、どう見ても疲れているようにしか見えない。

「殿下、あのクマが……」

「大丈夫だから。心配しないで」

「……」

彼がそう言うのに、しつこく聞くのもどうかと思い、私はそれ以上は聞くのを止めた。

こんなに疲れていそうなのに、わざわざここまで私に何の用なのだろう？

昨日のあれはもうルナのおかげで解決したはずだし。

フェリクス殿下は、私と目が合うと、余裕ありげにふっと微笑んだ。

「まあ、問題ないよ、色々と」

その直後、体の中心がほんの少しだけ熱くなったような不思議な気配がして。


「見つけた」


そして小声で殿下は何か呟いた。

「今、何か仰いましたか？」

「いや、独り言だよ」

私に聞こえないくらいの声だったし、まあ、良いかと見上げれば、殿下はこちらが恥ずかしくなるくらいに優しげな表情を浮かべていて。

さっきまであんなにも疲れきった表情だったのに。

とくん、と胸の奥が音を立てた。

どうしてそんな顔をされているのだろう？

それと少し嬉しそう？　さっきまで疲れきって死んだような目をしていたのに、いきなりどうしたのだろう？

見つめる視線が甘いような。

その甘い視線のせいだろうか？

小さな炎が体の中で熱を持ったような感覚が一瞬だけあって。

なぜか知らないけれど無意識に手が持ち上がった。

その手をフェリクス殿下は、包み込むようにそっと握った。

もしかして、今私は無意識に殿下に触れようとしたのだろうか？　いや、まさか触れる許可も得ていないのに、そんなはずは……。

もしかしたら、私も疲れているのかもしれない。

「貴女も徹夜したの？」

私の手を包む殿下の手の体温は少し低い。こういう些細な接触ですら、緊張しすぎて寿命を縮めている気がする。

殿下は私に触れる時、いつも丁寧すぎるくらい気を遣って触れていて、それが女の子扱いをされているようで、恥ずかしくも嬉しくなってしまう。

今も心から労わってくれているのが分かるから、ドキドキする。

私の手なんてすっぽりと入ってしまうくらい、この手は大きくて、当たり前の話なんだけど、男の子の手だな、なんて意識してしまう。

いや、そんな風に浸っている場合じゃない。

「仮眠を取っていますからご安心を。……それより、殿下も寝不足でいらっしゃいますよね？」

むしろ貴方こそ、寝てくださいと言いたい。

仮眠を取るつもりはあるのだろうか？

昨日の今日なのであまり突っ込んだことは言えず、私はそこで言葉を止める。

「……？」

少しした後、体の中の熱がふっと消えた。

気のせい、かな？

違和感は一瞬だったから、私はそれを気に留めなかった。

この時のフェリクス殿下が、気のせいかもしれないけど……幸せそうな笑みを浮かべていたので、そちらに気を取られてしまっていた。

疲れきっていたはずなのに、今はさっきよりも元気そうだし、何だか嬉しそうだ。

不思議に思いながら首を傾げていれば、謎の質問をされる。

「ところで、薬の在庫は足りている？」

「……？　足りていますよ？」

クスリノザイコハタリテイル？　なぜにこの質問？　何かの暗号とか合言葉ではないはずだ。

殿下は私の頬を軽く撫でて息だけで笑って。

「……実は仕事が山積みなんだ……。少し話したいところだけど、私はもう行かないと。じゃあ、またね。レイラ」

なんとも甘い声音で私の名前を呼んだのだった。

「……は、はい。さようなら」

だから、しどろもどろになった。昨日から私のペースも乱れっぱなしだ。

殿下は、私がそんな様子なのを見て、眩しそうに目を細めた後、最後は上機嫌な雰囲気で去っていった。

……若干、ふらついている気がするのは気のせいだと信じたい。

殿下の体を心配しつつも、とりあえず今回正体はバレなかったようだ。

特に何か言われることもなかったし。

「ルナ、ありがとう」

ルナにお礼を言って、そこで彼の様子がおかしいことに気付く。

『まさか、な。いや、王家だからな……。精霊の間でも話題になっていたから眉唾物ではない話だ。いやでも、それでは』

殿下が去った後、ぶつぶつとルナが何か言っていた。

「どうしたの？」

『いや、何でもないのだ。ご主人、大したことではない……と思う。向こうもそのつもりはなさそうだしな……。精神衛生上聞かない方が良い』

「そこまで言われると気になるわ」

『精霊同士の交流で得たちょっとした噂話だ』

ルナはその件についてそれ以上は教えてくれなかった。

「まあ、良いか……。ところで、殿下は寝不足大丈夫なのかしら……」

フェリクス殿下は今日も寝不足だ。


ちなみに、事件があったとはいえ、学園の様子はそこまで変わりなかった。

もちろん、生徒たちの間では昨日の事件のことばかり噂されているけれど授業は通常通り行われている。

三限目の後の休憩の時間帯。薬草の選別をして、根っこの部分だけを切り取る作業をしていたら、先ほどまで戦闘訓練でぶっ倒れていた男子生徒の一人に話しかけられた。

どうやら次はこの付近の実験室での授業らしい。

「レイラちゃん、知ってますー？」

「昨日の事件の噂でしょうか？　リーリエ様の魔術の話。すごいですよね、治癒魔術」

「あー。リーリエっていう平民の子が、すごい魔術を使ったっていう？」

「あの、リーリエ様は男爵令嬢でいらっしゃいます」

そこの辺りを取り違えると、リーリエ様本人が敏感に反応する。

平民風情が！　と陰で言われたせいで過敏になっているのだろう。

「そうだった、そうだった。その子が大魔術を使ったって噂も話題ですけど、今のホットな話題は違うんですよ、レイラちゃん」

ホットな話題？

ことん、と首を傾げると、その男子生徒は昨日のルナみたいにドヤァ！　という顔をしてきた。

男の子ってなぜ、似たような表情をするのだろうか。ルナは精霊だけど。

「フェリクス殿下とリーリエって子と、謎の美少女の三角関係の噂！」

「はい？」

尾ヒレつきまくっていませんかね？

「あー、医務室にいるレイラちゃんは知らないですよね！　今、話題なんですよ。フェリクス殿下の本命の話。銀髪の美少女を連れていてとても仲良さそうだったたって噂」

「銀髪の美少女」

私の声は死んだ。

「やっぱ驚きますよね！　フェリクス殿下の本命がその銀髪の美少女で、リーリエって子は殿下が好きなんですよ。学園で仲良さそうだった殿下とリーリエさんだけど、真実は違ったんです」

『完全にご主人のことではないか』

止めてください。お願いだから現実逃避をさせて……。

ルナの的確な一言に頭痛がした。

「あ、新しい登場人物ですね？　そんな人がいるなんて知りませんでした」

白々しいけど、そう答えるしかない。

「だからか知らないけど、リーリエさんは気が気じゃなくて、その銀髪の美少女のことを虐めているとか」

まさかのヒロインが悪役令嬢化!?

いやいや、どう考えても誰か悪意を持って噂を捏造（ねつぞう）している人がいるでしょ。

「その……ぎ、銀髪の美少女は誰を好きなのでしょう？」

「良い目の付け所ですよ、レイラちゃん！　実は美少女の方はですね、リーリエさんのことが好きだとか、はたまた二人ともセットで嫌っているとか、殿下と両思いとか様々な説があるんですよ！　真実はこれ如何に？」

楽しそう……。私も他人事だったら楽しかったなあ。

遠い目をして、窓をそっと開ける。ああ、今日もお空が綺麗……と現実逃避をしながらも、怪しまれないように会話は続けた。

「噂が錯綜していますね。殿下が二人のことをなんとも思ってないとかいう説はないんですか？」

それが一番平和な気がする……。

「あ、それはないです」

即答された。何ゆえ。

「なんか騎士の間でも話題になってて、彼女を見つめるフェリクス殿下の目が、完全に恋しちゃった目だったらしいから」

『ご主人、気を確かに持て』

どうしよう。そんな変な噂立っているのか。

思わず机に突っ伏したくなった瞬間、扉がガチャリと開けられて、そこに立っているのは見覚えのある人物。

「レイラ君、伝えたいことがあるのだが――」

昨日ぶりのハロルド様が入室してきた。

このタイミング。昨日の件について聞きたかったのだろうな。

顔が怖い。この人は改まって何かを質問しようとする時に、顔が顰め面になる癖があるが、まだ直っていないようだ。

私は怖がらないせいか、顔を隠さずに向かってくる。

当事者に近い人が入ってきたのを見た情報通っぽい男子生徒は、ハロルド様の怖い顔に戦きながらも手招きした。勇者である。

「ハロルド様も一緒に聞いてくださいよ。昨日の事件にまつわる噂についてなんですけど」

「……？」

顰め面から無表情に変わり、彼は首を傾げた。

この人、仕草が可愛いというか、天然成分があると思う。

「それで、その噂の銀髪の美少女を探そうってことになってるんですが、レイラちゃん。貴女ではないか説が浮上しているんです」

「……!?」

いやいや、待って。

ちょっと、待って!?

その断片を聞いて、噂話を察したのか、ハロルド様は同情するように私を見た。

「ハロルド様は知ってます？　その銀髪の美少女。レイラちゃんだったりします？」

「………その銀髪の美少女とやらの事情が俺にはよく分からない。一つ言えるのはレイラ君と俺は知り合いだから、もしあの場にいたら声をかけると思う」

ハロルド様は私の事情を聞いていないのに、色々と察してくれたのか、そう答えてくれた。

それに嘘のない範囲で無難な言葉を選んでくれた。良い人だ。

「なんだー。じゃあ別人かー。まあ、髪色だけで特定は難しいですよね。だけど、三角関係は本当っぽいですよねー。レイラちゃんに迷惑かける前に訂正してこようかな」

「好き勝手捏造するのは良くないぞ」

と言うのはハロルド様。どうやら男子生徒を窘めてくれたらしい。

男子生徒が楽しそうに扉から出ていくのを二人で見送って。

ハロルド様はくるりとこちらへ振り向いた。

「なかなか大変なことになっているようだな」

「ええ……。これ以上大事になるのは避けたいのですが……。ところでハロルド様。何か私にご用でしょうか？」

「ああ。噂について色々と話題になっていただろう？　その件で、ジュエルム男爵令嬢が君のところへ突撃しようとしている。念の為、注意をしてほしいと忠告をしに来たんだ」

突撃？　ただの噂なのに？

髪の色が同じで、そういう噂が立っているなら、私が目障りかもしれないけど。

「お手数をおかけいたしまして……。お気遣いをありがとうございます」

「それと念の為確認だが、昨日の殿下は眼鏡を外したあんたのことが分からなかったようだが……」

「この眼鏡は、そういう魔術具なのです。認識を歪める……というのが近いでしょうか。なるべく素顔を見られないように気をつけていたのです。一度本人と認識してしまえば、効果がなくなるのですが……」

「なるほど？　理由は分からないが、あまり素顔を知られたくないのか。……分かった。殿下の様子もおかしいようだったし、事情が分からないならば、つつかずにいた方が賢明だろう。なるべくあんたの話に合わせるように努力する」

「正直とても助かります」

リーリエ様、フェリクス殿下のこと、好きみたいだったからな……。こういう噂が立ったらどういう行動を取るのだろう？

殿下が二股かけているとか、そういう噂が立っていなくて、本当に良かったと思う。

「それと、レイラ君。ほとぼりが冷めるまでは事務的なこと以外、人前で殿下に声をかけない方が良い。ジュエルム男爵令嬢もどうやら気が立っていて、見るからに面倒な臭いしかしないからな」

「そうですね。新たな話題を提供するのは、ちょっと……」

当事者になって、まさか学園内のホットな話題として語られようとは。

「皆、面白がっているからな。今回も、ジュエルム男爵令嬢に反感を持つ一部の生徒が、事件当時の様子を漏らしたようだしな」

「身内に騎士がいらしたのでしょうね」

どうして藪をつつくみたいなことをするかな。

まさかここまで学園内の話題になるとは、誰も思わなかっただろうな。

リーリエ様は女子たちの顰蹙（ひんしゅく）を買っているから、女子たちがここぞとばかりに広めた気がしてならない。

虐めではない方法で、リーリエ様を確実に追い詰められるのだもの。

リーリエ様に嫌がらせをするにはもってこいだった。銀髪の美少女というある意味では、存在していない架空の存在を持ち出したのも上手い。

身体的な特徴もそれだけなので、噂として大々的に流しても、訴えられる心配はしなくても良い。

私の名前を出したのは、きっと別の人間だ。恐らく、水面下で私を担ぎ上げようとしている誰かが早まった可能性がある。

噂に情報がどんどん足されていくのはよくあることだ。

噂は不特定多数だし、なかなか罪に問えないからなあ……。情報も錯綜しているし。

「あんたは関係ないと皆に伝えたいところだが、焼け石に水だろう」

「噂なら放置して、適当に煙に巻いておきます。こちらが騒げば騒ぐほど、怪しく思われるかもしれませんので、私の方は普段通りにさせていただきます」

「そうだな。煩わしいとは思うが、そうしてもらうと助かる」

ハロルド様はふっと苦笑すると、「ではまた」と言って折り目正しく出ていった。

噂されるのは嫌だけど、引きこもらずに状況把握に努めてみよう。

この部屋に閉じこもるのではなく、堂々と外に出て、カフェテリアでも利用しよう。

さり気なく情報が欲しい。

「あ、でも。まずはリーリエ様の突撃をどうにかしてからかなあ……」

目立つ場所で突撃なんかされたら非常に困るのだ。カフェテリアでのほほんとしていたら、突撃されるなんてことが起こるのは勘弁してほしい。

少し引きこもっていた方が良い？　どうせ突撃されるなら、目立たない場所にいた方が良い。

リーリエ様突撃の待機のために、早速普段と違うことをしているような気がするが、まあ……気にしたら負けだと思う。

ちなみにこの日は、リーリエ様が突撃してくることはなかった。

さらに次の日。授業が始まる時刻になり、始まりの合図の鐘が鳴った時間帯のこと。

噂になっているというのに、人がそこまで殺到しないのが不思議だった。

普通、噂になっていたら、気になって事情を聞きにくるものではないだろうか？

仕事を進めながらそんな疑問に内心首を傾げていたが、その問いの答えは昼休憩の時間になり、やっと帰ってきた叔父様によってもたらされる。

「ああ、簡単なことです。噂が広まった頃に、この付近に殿下がさり気なく騎士を配置して、用のある生徒以外は医務室に立ち入り禁止になったようです」

おお！　素晴らしい気配り！　確かに、医務室が機能しなくなるのは困るもの。

「ところで、叔父様はこの時間まで対策本部で仕事？　最近の魔獣被害の。早朝からいなかったようだったから」

「ああ。早朝、王城に行ってました。午前中は対策本部でしたが」

「王城？」

待って、なんか嫌な予感がする。

『ご主人、魔力の乱れが』

ルナの指摘に慌てて魔力を調整する。

叔父様は私を見て、影から相変わらず鼻だけを出すルナを見つめて。

「陛下にレイラが精霊持ちであることが知られました」

あ。これ面倒なやつだ。私知ってる。

「なぜ、そうなったのかしら」

現実逃避をしたくなるのを堪えて、固い声で問いただす。

「昨日、あの付近の薬屋に向かったレイラが事件解決のために協力したでしょう？　その時に、ルナ様を使役している姿をチラッと見たという方がいたらしいですよ？　騎士の中には魔導騎士もいましたし」

単純なことだった。言われてみれば当たり前のこと。

基本、契約者しか見えない精霊ではあるが、同じ属性の場合、魔力が高く熟練した魔術師ならばその姿を目にすることが出来る。

魔導騎士は能力がなければ、なることの出来ない花形職。

つまり、魔術のエキスパートの中に闇の魔力の持ち主がいたというわけだ。

なんという簡単すぎるオチ。慌てていたせいで気付かなかったが、迂闊すぎたのだ。

「で、でも、それが私だって何で分かったの？」

「昨日の騎士たちの中に、レイラを社交界で見たことある方がいたようですよ」

うん。当たり前すぎるほど当たり前だ。

王太子殿下と出会わないようにと努力していたとはいえ、夜会の参加がゼロなわけではない。

社交は必要最低限、行っていたので、私の顔を知っている者がいるのは当たり前の話。

どうやら、精霊が見える人と、私を知っている人が同時に居合わせたらしい。

必要最低限挨拶して、用事が終わったら即帰っていたというのに、なぜ！　私のことを覚えている人がいるの⁉

「レイラは自覚していないみたいですが、貴女は相当目を惹きますからね」

『それは私も前から思っていたぞ。眼鏡はその対策なのかと思っていたが』

違います。フェリクス殿下対策です。

ルナが私の足元に寄り添っていたので、とりあえずモフモフしておいた。私の精神状態を心配してくれたのか、ルナは今日も触らせてくれた。

極上な毛並みだなあ。

『どうやらご主人は現実逃避しているようだ』

「この後の話はもっと衝撃的ですが、聞きますか？」

『聞く』

「分かりました。ではまず、今朝の話です」

待って。私は何も言ってない。

何も言ってないのだけど⁉

セオドア叔父様は容赦なく続けていくことにしたようだ。

私を来客ソファに座らせ、自分もその正面に腰をかけた。


「そういうわけで、騎士の方から陛下に報告がいき、僕は今朝その件で王城に呼ばれ急ぎ向かったところ、陛下は突然僕の記憶を読み取り始めました。ええ、何も言わずに突然。唐突に」

それより、陛下に直接会えてお近くに寄れるほど、叔父様が信頼されていることの方が気になる。

この国有数の研究者で国に貢献してきただけあるなあ。コミュ障、引きこもり、魔術オタクだけど。

「直後、平然と陛下はこう仰いました。黒い狼は強そうだな、と」

ごくり、と私とルナは息を飲んだ。

叔父様はルナを見ることが出来る。どうやらその記憶を読まれたらしい。

えっと、その魔術って気軽に使わない方が良い魔術というか、使い手もそれなりにダメージを受けるのでは。平然って。王家怖い。

「今、レイラのそばにいる身内は僕ですからね。妥当な人選ですね」

あっはっはと笑っているが、たぶん笑い事ではない。

「それにしても、記憶を読み取る魔術行使のプロセスは興味深かったです。陛下に色々とご教授いただいたのですが――」

『とりあえず話を戻してくれ』

脱線しかかった話をルナが押し戻す。

この人がこんなに楽しそうなのはその下りで全部チャラになったからではなかろうか。

生粋の魔術オタクの探究心は侮れない。

「ああ。すみません。それでこの情勢だし、知っている者も少数だということで、陛下はレイラの身を案じて箝口令を敷いてくれました。あまり広まらないようにレイラには眼鏡の着用をこれまで通りしてもらいますが」

私はほっと安堵して、ゆっくりと息を吐いた。

精霊持ちはそもそも珍しい。光の魔力の持ち主が噂の渦中にいながら、さらに闇の精霊持ちが現れたら事態が混乱すると考えたのだろう。

「その代わり、学園内でおかしなことがあったらレイラに協力を頼みたいと仰っていましたよ。貴女の監督役は今まで通り、僕が務めることになりましたし」

「なんだー。大したことではないわね。驚いて損したわ」

それくらいならおやすい御用だ。むしろ、陛下のお墨付きで動きやすくなって感謝だ。

『ご主人、私は知っているぞ。前にご主人が言っていたではないか。前フリ、と』

まさかそんなわけはあるまいと、タカを括っていた私だったが、叔父様はサラッとこんなことを言った。

「ただ、陛下がこう仰っていたんですよね。ヴィヴィアンヌ家は侯爵家になる予定で、レイラ本人も優秀な成績、確かな戦闘能力、幼い頃からみっちり仕込まれている淑女教育、そして珍しい精霊持ち。さらに、王太子と年が同じ、と」

「……………」

待って。

待って待って待って!?

『ご主人が言っていたフラグが立つというのは……』

待って!?

「光の魔力の持ち主とはいえ、男爵令嬢で教育も十分でないリーリエ様を王家に入れたくはないから、出来ることなら早急にとも仰っていましたよ。ほら、兄上も侯爵の爵位を賜るじゃないですか、ちょうど良いと機嫌良さそうでした」

「待ってくださる!?」

私の悲鳴混じりの声は相当珍しかったらしく、ルナがなぜか焦っている。

『落ち着け、魔力が乱れているぞ。ご主人。私のもふもふなしっぽを触らせてやるから――』

そんなことをしている暇はない。

動揺しきって全身がぷるぷる震え出した私に、叔父様はついでのように言った。

「まあ、それ以上は特に何も。とにかく今はリーリエ様の機嫌を損ねたくないから、提案だけと仰ってましたし、この話も私たちの間の戯言だそうです」

私は、王家の言う戯言を信じない。

王族のお願いとは命令という意味だと私は知っている。

「フェリクス殿下にはお伝えしていないですし、レイラが卒業する前にどうにかなるわけではないと仰っていましたから安心してください」

つまり、保留……と。

学園を卒業してからなら、シナリオ通りに死ぬ可能性もない。

死亡フラグとは関係なくなるような気がするけれど……。いや、でも、そういう問題じゃない。

「無理よ、叔父様。だって私は……」

「侯爵家令嬢になりますし、まあ……身分は問題ないでしょう。まあ、うちは派閥（はばつ）争いもしていない伝統ある白い貴族ですから、クレアシオン王家としても都合が良かったのかもしれませんね。他の公爵家との軋轢（あつれき）が一切ないですからね」

ゲームでは彼の婚約者だった。

ああ。この世界でも私は、侯爵令嬢になってしまった。これはお父様の功績だから変えられない運命。

おまけに我がヴィアンヌ家は伝統ある名家で、おあつらえむきな理由が揃ってしまっている。

それでも。

私が拒否をする理由は身分とかそういう問題ではなかった。

死にたくないというのも、もちろんあるけれど。

「いえ、あのそういうことではないの。私はあの方に相応しくない。……人間不信なうえに、男の人を信用出来ない私が殿下の隣に立つ資格なんてない」

王は孤独だ。どうあっても孤独だと思う。王の立場にある者の心情を全て理解することなど不可能だと思う。

だって、自分の言葉が最終決定で、一言で国の命運が決まってしまうなんて！　そんな立場になった方の心なんて普通推し量れるものではない。

どう考えても次元が違う！

私の貧相な想像力でも、体が震えそうになった。

王族の方が日々、その重圧をどうやって受け止めているのか想像出来ないけれど、とてつもない精神疲労があることはさすがに分かる。

殿下は学生の身であんな風に粉骨砕身（ふんこつさいしん）の想いで国のために働いていて、身も心もすり減らしている。

私もその事実だけは知っているのだ。

だったら、殿下の隣にいる人はこの国の中で最高の女性であるべきだ。その最高の女性は私のような人間などでは、絶対にない。

もし、フェリクス殿下が将来この国を背負っていかれる立場になったとして、その隣に立つ女性は、彼の絶対的な味方でいられるお方が良い。

上に立つ者の苦しみも、その重圧も、責任も、恐怖も、その全てを理解することが叶わなくとも、隣に居続けて寄り添う覚悟を持った女性が良い。

私のような男性不信が、殿下を信じきれない女が、彼の隣で王妃をやるなんてありえない。

「私よりも高潔で、殿下を信頼して唯一絶対の味方でいてくれる女性が良い。何があっても殿下を信じる強い女性。それで、殿下が悩んでいる時も甘やかすことが出来て暖かい人。貴族社会と上手く渡り合えて、社交的で色々な人と笑顔で話すことが出来て、それで――」

「拗らせてますね」

『歪だらけの魂だからな』

「それに、二人とも。今から私に決めなくても、まだ時間があるわ。情勢も変わるかもしれないし、時間をかけて判断してからでも遅くないと思うの」

選択肢をわざわざ狭める必要がどこにある？　私でなければならない理由は果たしてあるのだろうか？

それとも各公爵家同士の不仲は、私が思っているよりも酷いのだろうか？　どこかの公爵家が突出してしまっただけで均衡（きんこう）が崩れてしまいかねないくらいに。

でも、そういえば。フェリクス殿下ルートだと、ドロドロしていたかも……？

そんな中を、二人の恋人たちが手を取り合って前に進んでいく物語。

頭の中で情報を整理していれば、ルナが私にだけ聞こえるように頭の中に念話をしてきた。

『好きなのではないのか？　好きな男と番えるのなら、幸せになれるのではないのか？』

ルナの至極真面目な問いかけに、私も念話で返すことにした。

私の恋心はリーリエ様のように真っ直ぐではない。ルナが思っている綺麗なものではない。

『……ルナ。猜疑心と好意は両立出来るよ』

きっと、それらの想いの根源は全く別物で。だからこそ、人を信じられなくとも、人を好きになることは出来る。

『人の心とは複雑怪奇だな。わけが分からん』

念話を止めたルナは首を傾げて呟いた。

「この話は終わり！　私、薬でも作っています！」

「あ、では、記憶を読み取る魔術の話をしましょう。人の精神に干渉するからには、それなりのリスクがあるものですが、陛下はそのリスクを己の魔力と技巧で克服したのです。色々とご教授いただきまして、そもそも生活習慣からですね――」

叔父様がぺらぺらと語り始め、いちいち頬を染めている様を真顔で眺めてしばらく付き合っていたのだが。

突然、床に寝そべっていたルナが飛び起きた。

『まずい』

ルナが慌てて私の影の中へと入っていき、気配を殺したと思えば、ちょうど扉の方から物音が聞こえてきた。

「……？　何でしょう？　ものすごくノックされていますが」

叔父様は話を邪魔されたのが不服だったのか、あからさまに顰め面をしている。

「私、嫌な予感がするのだけど……」

こういう時の予感とは当たるもので。

『光の精霊の気配がする……』

決定的なルナの一言。

突撃、意外と早かったですよ。ハロルド様。

ノックの音に扉を開ける前に、ガチャリと乱暴に扉が開けられる。

「……っ！」

思わず固まる私と、ぷるぷると震えながら私を上目遣いで睨みつけるピンクブロンドの少女。

うわあ。どうしよう。寮に帰りたい。今すぐに。理由もなくぶっ倒れて、医務室に運ばれたい。

あ。医務室はここだった。

空虚な瞳になりかけるもすぐに持ち直した私は、軽く笑いかける。

「どうされたのですか？　リーリエ様。驚きまし――」

「レイラさん！　あの噂はどういうことなの!?」

「はい!?」

いきなり来る奴があるか！

「フェリクス様が好きな女の子の噂……知ってるよね？　それがレイラさんだっていうことも！　今まで黙ってたなんて……」

「待ってください。噂では銀髪の少女ですよね？」

「でも、レイラさん以外にそんな子……」

ああ。完全に頭に血が上ってしまっているせいで、銀髪の少女＝私だと決めつけてしまっている。なんというか、視野が狭くなってしまっている……。

「僕が聞いた限りだと、面白がって言っている人が大半ですよ。銀髪の少女がレイラだと証言している人は一部ですし、そもそも銀髪の少女とは言っていますが目の色については誰も言っていませんよ」

叔父様!!　第三者の言葉に救われる……！　私が言うよりも角が立たない！

「だけど、レイラさん、フェリクス様と仲良いし！」

「私の叔父と陛下が連絡を取りましたので」

嘘は言っていない。嘘は。つまりは、身内に繋がりがあるから、そりゃあ会話はするだろうという強引な言い訳。

「ああ、そうですね。僕は今日も王城に行きましたし」

内容は言わなくとも、王城に行った叔父というだけでパワーワードだ。

リーリエ様の目に理性の色が宿る。

さすがに、のっぴきならない事情があったと察してくれるだろう。

「それに私はノエル様の取引先でもありますし」

これも本当のことで、時折加工した品物を売ったり、採取してきた植物を売ったり、貴重な魔獣の歯などを売ったりと双方win-winの関係を築いている。

つまり、ノエル様と繋がりのある殿下と顔見知りでもおかしくないだろうと暗に言ってみた。

「そっか……。ノエル君の……。そういえば、前にそんなことを」

「殿下はどんな人にも紳士的に接してくださるお方です」

だから私だけが特別ではないと私は言外に伝える。実際、どんな時も怒ったり怒鳴りつけたりしない紳士的な方だと私は思う。

「じゃあ、その銀髪の少女は誰なの？」

なんて答えよう？

前回のことがあるので、彼女の前で嘘はつきたくないのだ。

「フェリクス様のそばにずっといたのは私なのに……。どうして、ポッと出の人に取られなければならないの……？　その女の子はフェリクス様のこと何も知らないのに」

彼女の瞳から透明な涙が溢れ出してきて、ぎくりと私は固まった。

え⁉　もしかして私、泣かせた⁉

どうしよう？　この様子だと話を聞いてくれる状況ではなさそうだし。

それに多分、ボロが出る。

逡巡しているうちに、ひっくひっく……と泣き声が大きくなっていって、とりあえず温かい飲み物でも出そうかと、案内することにした。

案内することにしたのだけれど。

私はこの時気付いていなかった。後ろにいたセオドア叔父様がにっこりと邪気のない笑みを浮かべていることに。

「言いたいことはそれだけですか？」

ばっ！　と後ろを振り返れば、綺麗な笑みを浮かべている叔父様がいて。

よそ行きの、あからさまに貼り付けたような笑みは白々しく、そして今回は温度がなかった。

「銀髪の少女が誰かって？　そんなの、多くの人が分からないからこそ、謎の銀髪の少女と呼ばれているのでは？　噂なんて正しいかどうかも分からないのに、それすら確認せずにレイラの元に押しかけるなんて何を考えているのですか？　貴女が何を憂えているのか分からないですが、別に男女のお付き合いをしているわけでもないのに突っかかりすぎです。そもそも、それを知ったとして貴女はどうするつもりですか？　フェリクス殿下の恋人にでもなりますか？　現実見てますか？　そのうえでレイラに楯突いていますか？　王妃を目指すなら、レイラに楯突いた時点で相応しくありませんよ。高貴な者なら笑顔で躱すところです。そもそも――」

「お、叔父様、落ち着いて！」

呆気に取られて、止めるのが遅れてしまった。

叔父様は脈絡なくキレ始めるという悪癖があり、その際は女性相手だろうが思ったことは言う。女性を気遣うとか、優しい物言いを心がけるという努力を全くしない。

かつて苦言を呈した私の父に放った言葉がまた、彼の性格を表している。

『はい？　優しい物言い？　相手が悪いのに、その必要性がどこに？　空気を読め？　空気は吸うものです』

恐らく、自分がどう思われるとか頓着しないタイプ。

叔父様はどうやら問答が面倒になったみたいで、だからこそ口を挟ませるつもりもないという……。色々な意味で致命的な気がしてくる。

そもそもどこで息をしているのか分からない。なんというノンブレス。

「叔父様、それくらいで！」

リーリエ様の機嫌を損ねた場合、恐らく皺寄せが行くのはフェリクス殿下だ。

ただでさえ疲れている彼に、フォロー役をさせるのはどうかと思って、叔父様の腕にしがみつくが、彼は止まらない。

「ポッと出とか仰いましたが、そもそも貴女も会ってからそう時間が経っていないのに、なぜ彼女面をしているのですか？」

「彼女面って！　酷いです……！　まだそんなこと思っていません！」

リーリエ様は目を赤く腫らして、制服の胸元を握り締めながら訴える。

叔父様は一人の少女の泣き顔を見ても怯みもしない。この人の精神はどうなっているのか。

彼は、相変わらずの満面の笑みで彼女に対峙する。

「僕個人としては、フェリクス殿下本人に聞かずにレイラに詰め寄るその態度が気に食わない。それに何より」

「叔父様！」

後ろに引っ張ろうとするが、叔父様はとっさに身体強化の魔術を行使した。

ちょっと!?　わざわざ魔術使う？

叔父様がキレるのを久しぶりに見たせいで、私も色々と戸惑っている。それにしてもなぜ、こんなにも怒っているのだろうか？

その理由を叔父様はまたもやノンブレスで解説してくれた。

「せっかくレイラと魔術談議をしていたというのに。普通に医務室を利用しにこちらにいらしたのなら、理由も分かります。怪我や病気……悩み事など手伝えることがあるのなら、僕たちは出来る限り貴方たち生徒に尽くしますし、一切文句を言いません。ただ、今回の貴女は噂に踊らされ、レイラに噛み付きに来ただけですよね？　せっかく面白い実験を思い付きそうだったのに、そんな下らない理由で水を差されたことに納得出来ません。せっかく！　何か思い付きそうだったのに、貴女のせいでどこかに消え行きました。どうしてくれるのですか？」

うわあ。完全に個人的な理由だった。大人としてそれで良いのだろうか。

そしてブレない。

ルナは今隠れているが、恐らく私と似たような顔をしていると思う。

記憶に関する話をしていたというのに、何を思い付いたと言うのだろう？　何か思い付いた気配あった？　どのタイミングで思い付いたのか、それは叔父様にしか分からないことだけど、何かヤバい実験だった可能性もあるので、思い付かなくて良かったような？

もちろん、叔父様にとっては死活問題みたいだけれど。

叔父様は発明も好きだが、魔力の動きを観察したり、実験結果を見ながらニヤニヤし始める人なので。

「叔父様！　今度の休日に私、月花草（げっかそう）を取りにいくわ。そろそろ時期だったはずなの。それで前からやりたいと言っていた実験をしてみたらどう？」

かなり大声ではしたなかったが、効果はてきめんのようで、ピタリと彼は恨み節を止めた。

「ほら、いくつかまだ検証が足りていないものがあったでしょう？　叔父様は研究と仕事に忙しくて素材を取りにいけなかったと思うから……、私が取りにいくわ」

「そうですね！　実は、やりたい研究が増えてしまったのですよ」

未知の世界に目をキラキラさせる叔父様は少年のように輝いていた。

チョロい、と言ってはいけない。

「あら、きっと私も知らない実験よね。どんな新定義なのか知りたいわ。今から聞かせてくださる？」

「もちろんですよ！」

ぱあああああぁぁぁ！　と華やぎ、輝く表情。

叔父様は実験の話を聞いてくれるのが、とても嬉しいらしい。

大半の人は面倒になって放置することが多いから。しかも早口で捲し立ててくるので、すごく疲れる。だから、今の彼は水を得た魚のようだった。

リーリエ様に「今のうちに戻ってください」と目で伝えれば、目を潤ませた彼女は慌てて医務室から出ていった。

なんというか……、フェリクス殿下、すぐに止めることが出来なくて、本当にごめんなさい。たぶん面倒なことになると思います。

リーリエ様が去っていくと、影の中からルナが出てきた。

『例の光の精霊が魔法を使っていた。嘘をついたら知れてしまう……のだが、そなたの叔父は嘘をつくことなく追い返したな』

「ほとんど一方的に捲し立てていただけな気がするけれど。それに大人げないし」

なんというか、アレは勢いだけで押し切ったような？　ある意味すごい。

一生徒にアレはどうなのかと思わないでもないけれど、助かったことは事実である。

嘘をつくことなく、正論らしき何かで殴りつけるという。横暴な意見も混じるけど。

面倒なキレ方をする大人だ。しかも相手が子どもでも広い心で許すことが出来ない大人だ。

ある意味、誰にでも平等に接する……ということでもあるのだけれど。

その当の本人は、機嫌を直したらしく、デスクからいそいそと論文を取り出している。

そして、ニコニコ顔の叔父様だったのだけれど。

コンコンと再びのノック。ルナは私の影の中へと再び潜り込む。

ガチャリと開けられた扉から顔を出したのは、茶色の髪の青年。

「すいませーん。伝達事項というか、手紙を渡すように言われてきたんすけど——ひっ！」

本当に何か用件があったらしい、同い年くらいに見える青年に向かって、冷えた笑顔を向ける大人げない大人が隣に一人。

怯える茶色髪の青年。顔が青ざめている。

完全に八つ当たりである。

「も、申し訳ございません。彼は今気が立っておりますので、お気になさらずに。……ご用件はお手紙でしたね」

「あ、はい。自分、雑用係のリアムという者っすけど、ええっと？　レイラさんに手紙を預かってきたので、渡しにきました。詳しくは中身を見てくれれば分かるので」

「私宛でしたか……。わざわざご足労いただきましてありがとうございます。後ほど、拝見いたしますね」

直接、手渡しということは、それなりに重要案件っぽい気がする。

「今日のうちに読んでもらえればありがたいと、うちの主が言っていたので、よろしく頼みます」

リアム様はペコリと頭を下げると、叔父様の様子を窺い、慌てて扉を閉めて去っていった。

くるりと振り返って一言、叔父様に物申した。

「叔父様、子どもみたいな真似は止めて」

『全くだ。先ほどの者からすれば、わけが分からないだろうに』

ルナは精霊なのに常識人だなあ。常識がある黒いモフモフ。

叔父様は再び、何やら期待するようにこちらに笑みを浮かべていて。

手紙を読もうと思ったけど、まずは叔父様に付き合うことにした方が良いかも。

叔父様の長話に付き合い、「では、次の実験の下調べでも始めますかね」と上機嫌になったところで、やっと解放された私は、手紙を開封することにした。

「……？」

しっかりと魔術で封がしてあって、特定の者しか開けられないようになっている。

それに、この魔力……つい最近覚えがあるような？

もしかして機密文書だとか？　思わず周囲を確認した。

今日の医務室にはあまり人が来ない。チラホラと軽症者が来訪するけれど、長居はすることのない人ばかり。

ルナと私は顔を突き合わせて、手紙に向き合っていた。

『あの王太子からだな』

「やっぱり？　最近の噂の件かな」

先ほどのリアム様は殿下付きの使用人なのかな？

詳しく状況報告をしてくれるのかもしれないとペーパーナイフで開封して、便箋を取り出す。

「んん？」

そこには学園内の地図と、一言だけの文面。

『明日の昼、以下の地点に来られたし』

「何これ、決闘？」

『そんなわけなかろう』

ボケてみたら、即座に突っ込むルナが素敵。

「この場所って、庭園の迷路だよね？　迷路の全体図もある」

学園内にある薔薇の庭園。生垣で立体の迷路が作られ、迷い込むとなかなか抜け出すのは大変という噂。そして広大で、見応えがある。

フェリクス殿下ルートで、ここで薔薇を髪に挿すシーンがあった気がするけれど、迷路があまりにも複雑なせいで、迷路を抜けた先は人があまり近寄らないのだ。

迷う前に引き返すか、数時間放浪するか……。

庭師は何を思って、この迷路を作ったのか。乙女ゲームっぽいって言ったらそうだけど。

とにかく、迷路を抜けた先に明日行けば良いということらしい。

内容を理解して封筒に仕舞おうとした瞬間、迷路の全体図以外の紙がいきなり、ぼっと空気を燃やして炎上して、みるみるうちに空気中に溶けていった。

「……やっぱり機密文書か何かみたい」

よくファンタジー漫画などであるシチュエーション。情報が漏れる前に手紙を燃やすっていう。

さすがに、この迷路の全体図だけは残っていて良かったけれど。

『すごいぞ、ご主人。この全体図、特定の魔力保持者しか見えないように魔術がかけられているぞ。契約した精霊である私も薄らとしか見えない』

「……何やら周到ね？」

密談に相応しい機密保持っぷりである。

フェリクス殿下からいつか説明はあると思ってはいたが、思っていたよりも慎重に行動しているらしい。

あれからフェリクス殿下とはまともに話していない。

リーリエ様との噂のせいで、仕方ないとはいえど、少しも会話が出来ないのは寂しいものがある。

それを伝えるつもりは絶対にないけど。

「レイラ。言うのを忘れていたのですが、取引先から新調した消耗品が届くので、受け取りのサインをしてきてくれませんか？　立ち会いをお願いしたいのです」

過去の論文を抱えていた叔父様がひょっこりと顔を出した。

「ええ。分かったわ」

「運び入れるのは向こうがやってくれるので、お願いします」

そして医務室から出て、学園内を少し歩いただけで分かった。

視線。視線。視線。好奇の視線。

何やら好奇心旺盛な令嬢や令息たちが、私を見つける度に視線を投げてくるのだ。聞きたいけど聞けない。そんな空気の中、彼らと目が合う度にいつも通りに微笑んでいく。普段と変わりなくしていれば、それで良い。

これならば、確かにフェリクス殿下と接触しない方が良さそうだ。私と彼が話すだけで、きっと辺りがざわめく。

そもそも、私の名前を出したのは誰なのか。

令嬢たちは水面下で、リーリエ様の対抗馬として私を擁立しようとしていたけれど。

それを望むのは多数で、かなりの勢力らしい。

リーリエ様が出てこなければ、我こそはと王太子妃の座を争っていただろうに、まさか彼女たちも私を推すことになるとは思わなかったに違いない。

特別な力を持つリーリエ様の対抗馬として矢面に立つリスクは避けたいが、そのままリーリエ様が王太子妃になるのは我慢ならないといったところだろうか？

恐らく、公爵たちは権力争いとリスクを放棄したのだろう。

そして各々公爵家での立ち位置が決まったところで、中途半端に目立っていた白い貴族の私。

渡りに船だったに違いない。

私が王太子に相応しいと語られている件は、どうやら令嬢たちの間で固く守られ、外にその話は今のところ漏れていない。

高位令嬢たちは妙な連携を取っているとは思うが、情報の守りは恐ろしいほどに強固だった。

ならば今回の銀髪の少女＝私という説が浮上したのは、なぜだろう？

純粋に、うっかりやな誰かさんが話してしまったとか？　私の立場が悪くなることを分かっていて？

それか、私に対する悪意か。

もしそうならば、それは私だけに対するものなのか、それとも……？

うう……。考えれば考えるほどに深みに嵌っていく。

悶々としながらも入口で立ち会いを済ませ、学園内に戻る最中、一年のフロアを横切ることになり、廊下を歩いていたら、お馴染みのメンバーが勢揃いしているのを見つけた。

数メートル先、彼らはいた。廊下の開けた場所で、いくつか設置されている丸机を囲って座っている。

『結局、あの娘、王太子に泣きついたんだな』

ルナの言うあの娘とは、リーリエ様のことで、周囲の生徒たちが遠巻きにしている中、攻略対象のメンバーに囲まれて、まだ目を赤くしていた。

あれから一時間弱経過したわけだが、その間ずっとあの調子だったのか、単に目が赤く腫れてしまって戻らないだけなのか。

『何だか、ちぐはぐな集団だな』

それもそのはず。

苦虫を噛み潰したような渋い顔をしているハロルド様と、煩わしそうに眉を顰められた不機嫌そうなノエル様。

対して、完璧なアルカイックスマイルを浮かべるのは、フェリクス殿下とユーリ殿下だ。

あまりにも綺麗な微笑みは感情が読めない。

その中心には泣き腫らした様子のリーリエ様。

少し話を聞いてみようと思い、私はその近くの、彼らの場所からはちょうど植物に隠れる位置にあるベンチに座った。

ポケットからメモ帳を取り出して、叔父様が先ほどまでペラペラと語っていた術式に纏わる数式を書き出すことにした。

これならば、傍(はた)から見れば、研究のために数式に夢中になっている女にしか見えない。

聞き耳を立てていたのかと詰問されたとしても、「はい？　計算していたので分かりませんでした」と言えば大抵は納得してもらえるだろう。

何しろ叔父様の作った術式だ。

ふふん。我ながら上出来だ。抜かりがない！

リーリエ様と距離が近付いたため、ルナは私の影の中へと隠れている。やっぱり苦手なのだろう。

そのまま聞き耳を立てていれば、不機嫌そうなノエル様の声が聞こえてきた。

「で？　授業の間もずっと泣いていたって？　もうあんた寮に帰れば良いだろ。他の奴らの邪魔になるだろう」

泣いていた女の子に向かって容赦なく投げつけるのは鋭い刃のような言葉。

「で、でも私、勉強頑張るって決めたもの。それなのに授業を欠席するなんて……！」

泣き止んでいるはずだが、リーリエ様の声は涙声。叔父様に色々言われた後もしっかりと授業を受けていたらしい。

ノエル様はそれにわざとらしく溜息をついた。

「だから、それが周りの迷惑だって言っているんだよ。それくらい分からないのか？」

「ちょっ、ノエル君。言い方！　言うならもっと優しく言ってあげて。会話にならないから。それに見られて変な噂になったらどうするの」

突き放すようなノエル様の物言いを宥めるユーリ殿下。

一見リーリエ様を庇うようで、庇っていないことに気付く者は何人いるだろうか？

ユーリ殿下は、周りをキョロキョロと見渡していて、外聞を気にしているらしい。周囲には人がぽつりぽつりといて、主に兄であるフェリクス殿下の評価が下がらないように気を遣っているようだ。

「もう。驚いちゃったよ。ちょっとした意地悪で泣いちゃうなんてね。ヴィヴィアンヌ医務官は研究熱心で、研究を邪魔する相手には容赦ないって噂だし、たまたま入り込んで邪魔してしまったのは、不幸な偶然だよ！　彼にとってはちょっとした八つ当たりみたいなものだと思うし、気に病んだら駄目だよ。兄上もびっくりして何も言えなくなっているじゃやない」

あからさまな説明口調で周囲にフェリクス殿下は無実だと吹聴（ふいちょう）しているのだろう。

周囲の聞き耳を立てている生徒たちは「なんだそんなことか」と興味をなくしていく。

大方、リーリエ様が授業を受けている最中も、泣いていたとかで変な噂が立っているのだろう。

「人前で泣くとか迷惑なんだ。あんたが授業中、殿下の邪魔をしていたのを僕は見ていたぞ。殿下は懐が深いから付き合ってくれるだろうが、普通はあんたの方が空気を読んで自重するものだ」

ノエル様が歯に衣着せぬ物言い。どうやら、フェリクス殿下は授業中も宥める羽目になったらしい。

叔父様を止められなかったばかりに、こんなところにまで皺寄せが行くのが申し訳なかった。

殿下はリーリエ様係みたいになっていて、普段からこんな感じなら疲れるのも納得だ。

ノエル様により、リーリエ様の瞳に涙が溜まったところで、「ノエル。いったん口にチャックだ」とフェリクス殿下は苦笑しながら止めた。

先ほどまで困っていた様子のフェリクス殿下は、リーリエ様に窘めるように言い含める。

まるで幼い子どもに我慢強く言い聞かせるような口調で、丁寧に。

「いつも言っているし、貴女も耳にタコが出来るほど聞いたと思うけど、人前で泣くのは淑女失格だ。淑女は人前で泣かない。人前で泣くのも感情を顕にするのも、貴族としては半人前だよ。付け込まれないためにも、仮面を被ることを覚えるんだ。心ではどんなに泣いていたって良いし、人目のないところで泣いたって良い。少しの間、頑張ることは出来ない？」

フェリクス殿下は、何度もリーリエ様に伝えてきたのだろう。それでも上手くいかないのかもしれない。

「でも、私……わざとじゃないの。だって……つい……悲しくなって、私が頑張っていること否定された気がして……」

リーリエ様はフェリクス殿下のことが好きで、王妃になることを夢見たりしていたのかもしれない。ゲームでは、彼女はいつもヒロインだった。

どうやら、叔父様に言われたことはクリーンヒットだったらしい。

小さな声でリーリエ様が甘えるようにフェリクス殿下の服の裾を掴む。

「私、ただ、レイラさんに本当のことを聞きに行っただけなんだよ？　それだけなのに、あそこまで言われるなんて……。ただ、気になっただけなのに」

「気になったからといって周りの迷惑を考えずに突っ走るのは違うよね？　周りを見てって何度も言ったよ。それこそ、毎日言ってる。それを貴女は流し続けているし、今は特に噂が流れているんだ。貴女の行動によってどうなるか分かる？」

フェリクス殿下は諦めずに正論を突きつけていくが、最終的にリーリエ様はこう言った。

「でもレイラさんは庇ってくれたもの」

「そんなレイラ嬢に貴女は変な噂を立てようとしたんだよ。光の魔力の持ち主を泣かせたらしいってね。医務室から泣いて出てきたらそう思う人がいてもおかしくない」

はあああ⁉　私が虐めたみたいになってるだって⁉

そういえば、さっきから視線が向いてるなあとは思っていたけれど！

待って、悪役令嬢フラグはへし折ったのでは⁉

「まあ、さっきユーリが誤魔化してくれたおかげで誤解は解けたようだし、ヴィヴィアンヌ医務官の魔術狂いは有名だから説得力がある。悪い噂にはならないと思うよ。……でも、下手すれば風評被害だった。……はぁ、私のやり方は間違っていたのだろうな……なら、どう言い聞かせれば良かったのか……。全ては私の責任、か」

最後は独り言を零し、疲れきって遠い目になっている殿下をよそに、私はこっそりとガッツポーズをしていた。

よ、良かった！　本っ当に良かった！

首の皮一枚繋がった！

さっきのアレってそういう意味だったのかあ。死亡フラグ⁉　とか思ったけど、回避出来たようだ。

叔父様！　魔術狂いでありがとう！　説得力が増したわ！　と思ったが、元々は叔父様のせいなことに気付き、私はスンっと真顔に戻る。

私ももっと早く止められれば良かった。

「私そんなつもりなんてなくて……。あ、でも私が違うって言えば問題ないよ？」

彼女は、名案だとぱあっと顔を輝かせたが、私から言わせればそういう問題じゃない。

被害者が加害者を庇ったところで余計に悪化する。少なくとも周りにはそう見えているのだ。

それはフェリクス殿下も承知のようで。というか、その発言が気に障ったらしい。

ん？

ふと、フェリクス殿下から表情が抜け落ちた……気がした。

彼はリーリエ様に向き直ると、不自然なくらい優しく微笑んだ。

「リーリエ嬢。お気楽に構えすぎじゃないかな？　事態を重く見た方が良い。悪気がないとしても、貴女の行動はレイラに風評被害を与えるところだったのは事実だよ」

すぐに作られた笑み、だと分かった。

あれ？　もしかして、私より怒ってる？　いやいやいや、そんなまさか。あの温厚な殿下が。

だけど、彼の表情が読めない。殿下は自らの感情を貴族らしく隠してしまっているのだ。

少しだけ空気が変わったことにリーリエ様は気付いているだろうか？

先ほどまで突っかかっていたノエル様は黙り、ハロルド様もフェリクス殿下を戸惑ったように見ているし、ユーリ殿下は「あーあ」と言わんばかりの表情だ。

フェリクス殿下はリーリエ様に向かって唐突にこんな質問をした。

「……リーリエ嬢。簡単な質問をするね。想像してほしいんだけど、貴族令嬢が二人いて、片方が泣いていたらどう思う？」

「ええと、もう一人の令嬢に何かされたのかって思うよ？」

「……今、リーリエ嬢がそう思ったように、世の中の多くの人はそうやって、泣いていた方を被害者と無条件で思い込む。……泣いたら簡単だもんね？」

笑みを浮かべているはずなのに、無表情で淡々と告げているように見えた。

さらに彼は微笑みながら続ける。

「医務室から出てきた貴女は泣いていた。そのままにしていたら、少なくとも噂になっていた。簡単な話だよ。泣いている方が有利だから。人のせいにだって出来てしまう」

「違っ……私は本当にあんな言い方をされたのが悲しかったの。そんなつもりはないのに。誰かのせいにしたつもりはなくて……」

リーリエ様はガタリと音を立てて立ち上がった。そんな彼女にフェリクス殿下は、完璧な美しい笑みを浮かべながら宣う。

「ふふ。まさか。貴女がそうだとは言ってないよ。ただ、ふと思ったんだ。リーリエ嬢と他の令嬢が二人並んでいて、そこでリーリエ嬢が泣いていたら、ほとんどの人は光の魔力を持った特別な女の子に味方するだろうね。それって不公平だと思わない？　要するに貴女は泣けば許される立場にいるわけだ」

フェリクス殿下の口調は柔らかいけれど、言っている内容は少々キツイ。彼にしては珍しく刺々しく毒があったのかもしれない。他の三人は驚愕に目を見開いていた。

それは、フェリクス殿下が怒るのを初めて見たと言わんばかりだ。

いや、まさか、そんなことはないだろう。うん。さすがに。

でも一つだけ分かることがある。

殿下は、今まで毒を吐くことなく、何度も何度もリーリエ様に貴族の何たるかを言い聞かせてきたんだ。周りの毒舌を宥めながら。

ハロルド様は居心地悪そうに身を竦めている。

周りの重い空気の中、フェリクス殿下はほんの一瞬だけ苛立たしげな色をわざと浮かべた後。あえてその空気を払拭（ふっしょく）するように、彼はパッと表情を戻して爽やかに笑った。

まるで別人みたいに。

「そうならないためにも、これからは泣くのを止めようっていう話に戻るんだけどね。ほら、泣かせたって思われるのは皆嫌だろう？」

フェリクス殿下の真意は分からない。本当にイラついているのか、怒った振りをしているのか。

だって、今は陰りのない素敵な笑顔だもの。冗談めかすみたいに雰囲気すら柔らかくなっている。何を考えているのか、よく分からない人……に見える。

紳士的で優しげではあるのだけど、いつもと違うように見えた。

妙な空気になってしまったせいか、リーリエ様はある意味では強制的に泣き止まされてしまった。

これは意図的なのか、そうでないのか……。

うーん？　と首を傾げている中、ふと私の名前が聞こえた。

「レイラ嬢に謝罪をして。話はそれから。いきなり突撃されて彼女も困ったと思うから」

フェリクス殿下は私に迷惑をかけたのだから、とリーリエ様に言い含める。

フェリクス殿下は、よく分からない人だ。もちろん、人には知らない面がたくさんあると思うのだけど、あんなに冷たい声は初めて聞いたかもしれない。

いや、殿下も怒ることくらいあるよね。

幸い、こちら側を向くこともなく皆去っていったのだが、リーリエ様と彼らの関係性を垣間見て、思っていたのとだいぶ違うことに私はこの時改めて気付いた。

やっぱりここは現実なのだと。

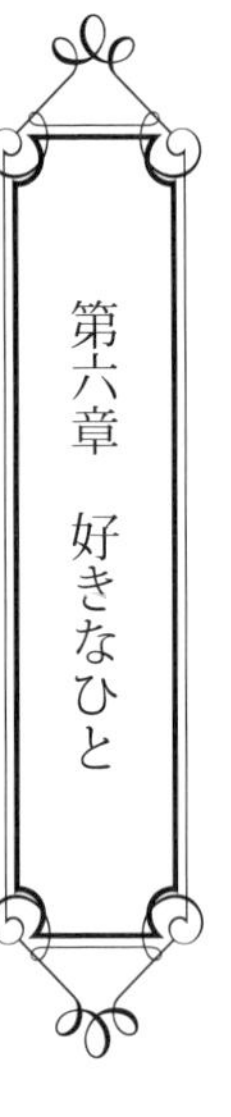

第六章　好きなひと

フェリクス殿下激怒事件から一夜明けた、次の日の昼休憩の時間。

私は、手紙に記してあった地点へと向かった。

「何の用だろう？　昨日の話でも思ったけど、私と殿下は会ったらいけない気がするの」

『あの男のことだ。抜かりないだろう。出し抜かれないように気をつけろ、ご主人』

「あはは。まさか。変な噂はあるけど、大丈夫。お互い様だもの」

この時の私は浮かれていた。昨日の今日で、殿下と会うのは気まずいような気もしていたけれど、やはり好きな人と顔を合わせるのって嬉しい。

結婚とか考えたくはないけど、やっぱり好きだなあって思う。

結婚はしたくないけど。

生垣の迷路を通り抜けるのは、地図があったから問題なかった。全体図があるから余裕持って歩いていける。

行き止まりを覗いてみたくなったりしたけど、お待たせするのは申し訳ないのでなるべく急いで進んでいく。

こんな迷路にまで庭師の腕が入っているなんて、この学園の予算はどうなっているのだろう。隅から隅まで手入れされているし、薔薇も綺麗。

「えっと、この先かな」

迷路を出ると視界が開けた。

広がる芝生の空間の中、花壇にはない天然の花が何種類も咲いている。ところどころ木が生えていて、林みたいな雰囲気だ。

一本だけある細道以外、道はなかった。

奥へ進めば記念石碑があって、そこの近くに大きな木が佇んでいて。

「えっと、この木だよね」

この木の下で待つって、ここに殿下が来るってことなのかな?

そう思って、そっと木に手を当てた時だった。

ふわり、と銀の髪が舞い上がり、何かの魔術が発動した。

ぴちゃんと微かに水が跳ねる音。

木の根っこの近くに見知らぬ魔法陣が広がり、その中心へ、水が流れる涼しそうな音と共に水で出来た鏡が出現した。

アンティークを模しているのに全て透明な水で出来ていて、しゃがみ込めば私の姿を映すことが出来る鏡。

「これ、魔術……。水の魔術?」

そっと水で出来た鏡部分に触れてみると、表面に波紋が広がった。

こういうところは水面みたいだけど、なぜか指は水の中に入らなかった。何か固いものに指がコツンと当たるのだ。

でも指先は冷たい水の感触だから不思議だ。

「しかも指は濡れてない……？」

ますます不思議だと思っていたら、鏡に薄らと人が映り、だんだんと明瞭になっていく。

鏡の水面の揺らぎが収まり、そこへ見慣れた人の顔が映し出された。

「フェリクス殿下？」

「レイラ、……聞こえる？」

鏡の中のフェリクス殿下は、確認するように問いかけて、楽しそうに手を振っていた。

昨日の姿を知る身とすれば、違和感しかないが今の殿下はご機嫌だ。

きょとんとしていた私は、はっと我に返ってから、思わずコクリと頷いた。

「うん。聞こえているようで良かった」

どうやら私にはフェリクス殿下の姿が見えるけれど、彼の方にも私の姿が見えるらしい。

「似たような魔法陣がもう一つ設置してあって、そことレイラのいる場所がこうして繋がっているんだ。鏡を通り抜けたりは出来ないけど、こうして会話が繋がってる」

つまりテレビ電話みたいなものっていうことか。

「この魔法陣は、私たち以外の者が一定の距離にまで近付くと一時的に魔術が解けるようになっているから、誰か来たとしても大丈夫。まあ、そもそも人がなかなか来ない場所を選んだんだけどね。私がいるのは、立ち入り禁止の屋上だ」

「すごい……。鏡だけですごいのに、色々な機能が……」

「ヴィヴィアンヌ医務官の作った術式だよ」

「あっ！　もしかして、作ってはみたけれど魔術レベルが高すぎて一般の魔術として広まらなかったシリーズ！」

「ご名答！　私としては使い勝手が良いんだけど」

鏡の中の殿下は昨日とは違った笑顔を振り撒いている。貼り付けた笑みとは違う、私の見慣れた温かみのある笑顔で。

「良かった」

誰ともなく私は呟いた。私は確かに何かに安堵していた。

鏡は腰を下ろさないと全身が映らないが、それなりの大きさをしたものだった。

ポーチの中から敷物を出して草むらに敷いて、ちょこんと座り込む。

彼は壁に背中を預け、片膝を立てて座っている。

そして話は、フェリクス殿下の非常に申し訳なさそうな謝罪から始まった。

「どこから話したら良いのか……。となると、まずは貴女への謝罪から始まるんだけど。……ここ最近、おかしな噂が広まっているのは、元はと言えば私の行動のせいだ。本当に申し訳ないことをしてしまった」

「殿下、顔をお上げください。貴方のような方が私などに頭を下げられるのは……。噂は噂として適切に処理すれば良いだけですから」

王族に頭を下げさせてしまったことに恐れ戦き、私は慌てた。

「……気を遣わせてごめん。ありがとう。何より、一番先に謝らなければならなかったのに、こうして話せるのが遅くなってしまって。噂に振り回されて、レイラも不快な思いをしていると思う。それにほら、昨日はリーリエ嬢がそちらに突撃したらしいし」

ドキリとした。昨日、フェリクス殿下が珍しく怒っていたことも知っているし、解決したことも知っている。

今日の昼に抜け出す頃には、周囲の様子も普通だった。

恐らく、情報屋のようなユーリ殿下が手を回してくれた結果だろう。

「監督不行届なのも、申し訳ない。私の接し方が適切でなかったのかも。もう少し、方法を考えてみる」

方法をと言っても、フェリクス殿下は命を受けているわけだし、リーリエ様のそばから離れるわけにはいかない。

でもリーリエ様はフェリクス殿下のことが好きだし、距離感を掴むのも至難の業だ。

今までと劇的に何かを変えるわけにもいかず、となれば一番負担を強いられるのは殿下自身だ。

そしてそれを止めようとしたところで、彼が自分の意志を曲げたりはしないことも、その表情を見たら分かってしまった。

「……せめて睡眠時間は確保してください。あと食事も」

私からは無理をしないで、なんて無責任な言葉を言えなかった。

「あはは。レイラと会う度に、そればかり言われてる気がする。食事はしてるよ」

軽く笑っている殿下だが、睡眠は疎かにしていることが分かる。

睡眠時間が確保出来ないくらいに忙しいのか。

「……最近、私たちで開発した栄養剤、お分けいたしますね。私のいない時間帯に、叔父に頼めば用意してくれると思います。不規則な生活で寝付くのが難しければ、アロマの類もありますし」

深い眠りにつくための医療用アロマ。これも働く人たちにと開発された代物だ。

「それにしても、殿下。私、貴方とこうして話せて良かったです」

「ん？　嬉しい言葉だね」

本当に頬を緩ませているから、私の頬も緩みかけるのを堪えて、キリッとした顔を見せる。

「殿下の顔色の確認が出来ますから」

「貴女も、ブレないね。でも、好きだよ。そういうところ」

「……あ、ありがとうございます？」

好きとかそんな簡単に言わないでほしい！

どうしたら良いか分からなくなるから。

何の気なしに言ったのかもしれないけど、やっぱりこの人は天然ジゴロなところがあるのかも？

「……とにかく、この水鏡はレイラとの緊急連絡用として用意したものなんだ。私の魔力から編み上げられているから、レイラが触れたら私も分かるようになってる。連絡の際、本当はあまり紙に残しておきたくないから、それでこうなった。何かあった時、昼休みに来てくれれば、なるべく早めに私も応答するよ」

ふと、私は疑問に思い質問してみた。

「この手のタイプは、一週間に一度は魔力の充填が必要でしょう？　このような手のかかるものより、お手軽に念話の方が……」

本当にそう思ったから、言っただけなのだが、予想に反して彼は悲しそうにこちらを見ていた。

「それは、そうなんだけど。……顔を見て話したいと思って。幸い、私には大量の魔力があるし……。それに何より、おかしな噂なんかで気心の知れた友人を失うのは、嫌だ」

「……」

少なくとも、殿下は私を友人のようには思ってくれているらしい。

それが純粋に嬉しかった。

私たちの曖昧な関係に名前が付けられることが嬉しくて仕方なかった。

そっか。友人なら、素直に心配しても良いんだよね？　おかしくないよね？　もう少し寝てくださいってもう一度言っても良いの？

恋愛面の好きだとかそういう感情の前に、確かな絆があったと感じられたのが嬉しかった。

それは、ほんのりと心が温かくなって、気が緩んでしまう単語だ。私のことを友人だと仰ってくれたことが純粋に嬉しい。私たちの間に何もないわけじゃないってことだもの。

その響きに頬が勝手に緩んでしまう。

友人……かあ。良い響きだなあ。青春っぽい響きだなあ。王太子と友人……という響きは不穏だけど、まあ細かいことは気にしない。

友人として支えることが出来るのだから。何やら困った案件でもあった時、相談先の一つになれたら光栄だ。友人なら、殿下の隣でなくても支えられるもの。

それに医務室勤務の者としても、友人くらいなら許されるんじゃないかな？　なら、余計に私の正体はバラしたくない。難易度が以前より上がってしまっているけど、もう少し抗っていたかった。

そうしたらただの友人でいられるもの。

「そう言っていただけるのは、嬉しいです」

ほわりと頬を緩めながら言ったら、なぜか殿下は息を飲んだ後、照れたように目を逸らした。

どうしよう。そういう態度をされると、言っている方も恥ずかしくなってくる。

というか、この人照れるなんて芸当出来たの⁉

彼が照れるのはレアではないだろうか？　珍しいものを見たかもしれない。

恥ずかしくて瀕死になりそうだったが、嬉しいという気持ちを伝えられたのは良かった。

嬉しい気持ちを完全な言葉で表すことは叶わず、月並みな言葉になってしまうのがもどかしいけれど、とても光栄に思っていることは本当なのだから。

「そんな顔で真っ直ぐな言葉を返してくるから、どうしようかと思った」

「そんな顔って……もしかして私は変な顔をしていましたか？」

ニヤニヤしてしまっていたら、完全に不審者である。

残念ながらニヤニヤ顔をしているか私は確認出来ない。この水鏡、自分の姿は映らないのだ。

「いや、そうじゃない。レイラはいつも変な顔なんてしていないよ。ただ、可愛いなーって思っただけだ」

「……」

殿下は友人にも可愛いと言うタイプの男子なのだろうか？　褒めて伸ばすタイプ？　それともペット感覚的な可愛い？

いやいやいや。私に小動物じみた愛らしさなど皆無だ。

さすが天然ジゴロ疑惑浮上の王子。甘い言葉すらもサラッと言う。先ほどは照れたのに、これは照れずに言えるとか、この人のツボが心から分からない。

友人だと確認し合ったばかりなので、殿下が私を口説いているわけではないのは分かっている。

素顔ではなく、眼鏡をかけている状態で褒めてくるのだから、確実にリップサービス。

そもそも殿下の方が照れずに言っている時点でお察しだ。つまりはそういうことだ。

リップサービスに動揺してどうする！　私！

ただ、眼鏡をかけている私にこんなことを言うのだとしたら、この人は自覚なく口にしている可能性が高い。なんて罪深い……。

ここは話半分に聞いて、さらっと流して大人な対応をするべきだ！

「……ありがとうございます。そう仰っていただけるなんて、光栄の極みです」

「うん。完全に信じていないよね」

「私は殿下がお優しいと知っております」

実際、彼は相手に気を遣うことが出来る人だと思う。

「まあ、良いや。……話が戻るけど、私とは基本的にこのように話すことにする。学園内での接触は噂がある限り、出来ない。ここまで来てもらう分、手間をかけるから無理は言えないけど、たまにこうやって話をしてくれると嬉しいな」

「ええ。私でよろしければ！　本当に、友人と仰っていただけて嬉しいのです。ほら、私は医務室にいる分、そういった機会がないですし」

「そこまで喜んでくれるとは思ってなかったな。…………かわいい」

最後だけ、ぽそりと零した独り言は聞こえなかったけれど、私たちの間に流れる空気は穏やかなものだ。

近況報告として、ここ最近の話を殿下に伝えているうちに、昨日の話になった。

「なるほどね。ヴィヴィアンヌ医務官がそんなことを……。正論だね」

「理由は、魔術談議を邪魔されたからとか、そういう理由でした。あまり刺激するのは各方面に迷惑をかけると思い、遅まきながらも止めたのですが、それからリーリエ様は泣いてしまわれたのですね。人伝に聞きました」

昨日のことは知らないですよーと強調していたら、フェリクス殿下は気まずそうにこちらを見ていた。

「私も、少し感情的になってしまってね、彼女にハッキリと色々言ったんだよね」

え？　感情的？　あれで？

怒るにしては、特殊な怒り方というか、かなり理性的というか。

本当に殿下は怒鳴ったり声を荒らげたりしない人だ。

「彼女ね、さすがに泣き喚くのは恥ずかしいと堪えようとする素振りが多少あったんだけど、被害者として泣くこと自体を堪えようとはしてなかったんだ。授業中も宥めることになったせいで、変な噂がまた広まりそうになったりして、少し……疲れた」

「最近の殿下、目の下にクマがありますし……。それに、旬な噂話の登場人物になるのは、精神的にきますからね。ほら、あからさまにじっと見てくる人もたまにいるじゃないですか」

噂の一つとして名を連ねたから分かることもある。一つの経験談として。

殿下は疲れたように「あー、あるかも」と言っている。

視線って気にしないようにしてても気になるんだよね。不本意な噂は、精神を削っていくという当たり前の事実。

これをずっと前からされていたフェリクス殿下の精神疲労は半端なさそうだなって思った。

好きではない人と恋人疑惑って、相手が誰であろうとも微妙な気持ちになる。

「寝不足なせいで情緒不安定だったところはあるかも。とにかく、リーリエ嬢が医務室から出ていった時に涙を零していたせいで、レイラにも悪い噂が立ちそうになったりして。そんな状況なのに、お気楽なズレた発言をするから、こうプチンと。……気をつけようとは思っているんだけどね」

「私のこともお気遣いいただきまして、ありがとうございます。元々は私の叔父が言葉を選ばなかったのも原因なので、皺寄せがそちらに向かってしまい……言葉って難しいですね」

「さじ加減がね……。思ったままを言えるのは少し羨ましいかもしれない」

殿下はその立場上、一つ一つの発言に重みがある。私たちとは違い、迂闊に何かを言うことが出来ないのだ。

「それは私も思います。叔父様を見ていると、羨ましいと思いつつも、ああはなりたくないと思う自分もいたりして」

「私はリーリエ嬢にハッキリ言えなかったから彼の勇姿に敬意を抱くよ」

「私は、普段から細やかな気遣いをされている殿下に一票です。叔父様の率直さは美点ですが、敵は作りやすいでしょうし、それはそれで大変そうだと個人的には思いますし」

フェリクス殿下が肩を竦めて頷いた。

「まあ、私には無理かな。ちょっと色々と差し障りが……」

だよね。伯爵家なのに気にしない叔父様が異端というか。結果を残している分、口を出せない人も多いのだろうけど。

苦笑していた殿下だけど、ふと反省するように呟いた。

「感情のコントロールが出来なかったことをちょっと反省してる。あそこまでキツイ物言いをするつもりはなかったからね。あまり見られたくない光景だったな。……レイラに幻滅されたくはない」

ごめんなさい。あの場にいました、とはもちろん言えず。

殿下的には、私に怒ったところを見せたくなかったらしい。その表情はどこか不安そうで、こちらを窺うような気配があった。

「ふふ、幻滅などいたしませんよ。どんな一面があったとしても、今こうしてお話ししている今の殿下は嘘ではないのですから、それで十分です」

思っていたのと違ったと幻滅するのはお門違いだと思う。

私が見ている殿下も殿下で、叔父様並に面倒なキレ方をしている殿下も、また彼の一面だ。

まあ、珍しいキレ方をするなあとは思ったし、私の中で怒らせたら危険な人ランキング上位に入ったけれど。

叔父様が正論を投げ付けるなら、殿下は正論でじわじわと痛め付けるといったところか。

「それに、ちょっと見てみたいですね」

心配させないように明るく言った。

「レイラ……」

殿下は向かい合った私の手のひらに自分の手を重ねようとして、一寸遅れて鏡越しなことに苦笑した。

珍しい失態だ。

この水鏡。物理的に繋がっているわけではないのだ。

そんな風に昨日のことを話しながら時間は流れていったのだが、ふいに殿下が真剣な表情で向き合ってきた。

「レイラに聞きたいことがあったんだ」

「何でしょうか？」

久しぶりに殿下と話せた私の周りには、見えない花がぽわぽわと舞っていたのかもしれない。

少なくとも私は浮かれていた。そんな私に投げられた質問がこれだ。

「前に女子の間で、担ぎ上げられている誰かがいると言ったよね？　それについてユーリに探らせているとも」

「え、ええ……」

なぜ、いまさらそれを持ち出すのか……。

内心ガタガタ震える私がいる。

「今回、色々な噂が立ったと思うんだけど、銀髪の少女がレイラじゃないかって話も出た。どこからそんな話が出たのかと不思議に思っていたのだけど、どうやらその話の出どころはその令嬢たちの間かららしい」

　ごくりと私は息を飲んだ。

　な、何を言われるのだろう？　というか、やっぱり出どころってそこだったんだ。

「今回、リーリエ嬢に対抗するかのように立てられた噂。それも令嬢たちの間から。銀髪の少女の特徴は銀髪という一点のみ。にも関わらず、そこに唐突に絡められるレイラの存在。立てられた噂の内容とどこから発信されたのか鑑（かんが）みて、例の誰かの正体とか、その誰かが令嬢たちの間でどのように担ぎ上げられているのか、これだけ証拠が揃ったらさすがに分かってしまった」

　ど、どうしよう？

　自信満々の表情。どう見ても確信を得てるとしか思えない。

　すらすらと並べ立てていく言葉は澱（よど）みなくて。

　もう知られているっていうことなの？

　私が相応しいとか言われているのは本人に聞かれたくはなかったし、何かの拍子で婚約者になったら、また変なフラグが立ちそうで怖い。

　でも……。

　ここまで知られているというのに、いまさら誤魔化すなんて出来なかった。

正論をぶちかます以外、思いつかなかった。

ここでキッチリと伝えておかねば。

だって、これって単にリーリエ様の対抗馬として擁立されただけだもの。

まさか本当に噂を流す人がいるとは思っていなかったけど。令嬢たちはあんなに水面下に拘っているように見えたのに。不思議に思ったのはそこだけだ。

冷静に。あくまでも冷静に。感情を押し殺すんだ。

「フェリクス殿下。令嬢たちの間で言われていることは、あくまでも令嬢たちの意向です。私が貴方の婚約者候補として挙げられたのは、リーリエ様に対抗する相手として都合が良かっただけで、公爵家の方々の事情が絡んだ結果です。殿下の婚約者ですから、令嬢たちでも公爵家でもなく、最終決定は貴方にあります」

一瞬ぽかんとした後、彼はすぐに笑みを浮かべる。

「…………うん。つまりレイラは私の婚約者候補として令嬢たちの間で担ぎ上げられたってことだよね……それで？」

とりあえず私の必死の攻防を最後まで聞いてくれるらしい。

「ご存知のように、これは令嬢たちの間で勝手に言われていることですから、世に何の影響もありません。水面下で語られているだけですし、殿下はこの噂を気にしなくても良いのでは？と思いまして」

つまり、私はこの件に何も思ってないし、ただの噂みたいなものだから気にしなくて良いと伝えた。

そして言わなければいけないことはハッキリ伝えなければ！

「つまり、令嬢たちに水面下で語られているだけの話をお気になさる必要はないのですよ。単なる戯言です。この話に決して！　惑わされることなく、王家の方々で話し合ったうえで適切な婚約者を迎えてください」

良し！　言い切った！

一言で言えば、本気にしないでください！　お願いします！　作戦である。

「……」

え？　何この無言。怖いんだけど。

やがて殿下はなぜか良い笑顔を浮かべていた。

「ユーリに探らせていた時、令嬢たちの間からなかなか聞き出せなかったらしい」

「そうですね？　かなり結託されていたようで。私がこの話を初めて聞かされた時点で、ほとんどの令嬢たちが繋がっていました」

「ご婦人たちの繋がりって、時折すごいよね。男じゃ手出し出来ない時もあるから。……ところでレイラ。一つだけ嘘をついたことがあってね。謝らなければいけない」

はい？　殿下が何やら楽しそうな顔をされている？

「銀髪の少女がレイラだっていう説を立てたのは、令嬢たちじゃない。実は、私に嫉妬した貴族令息たちが、掻き回してやろうと流した噂なんだ」

「ああ、その噂の出どころは令嬢たちじゃなかったんですね。確かにあそこまで堅固な令嬢たちがそう簡単に変な噂を流すとは思えませんでしたので納得です」

何か変だなとは思っていたけど、今のは殿下の嘘だったのか。

それにしても貴族令息の誰かさん。二人の仲を引き裂くために、私を巻き込むのは止めてほしい。完全に飛び火じゃないか。

フェリクス殿下は、ふふ……と笑った後、さらにこう続けてくれた。

「だから結局、令嬢たちの間でまことしやかに語られている内容を知ることは、私たちでは出来なかったんだ」

「え？」

つまりどういう？

「レイラが今、自分から語ってくれるまで、私は何も知らなかった」

「え？」

待って？

ちょっと、待って？

「銀髪の少女がレイラではないかっていう説が浮上したけど、大きな騒ぎにならないように、この噂をかき消そうとしている人たちがいてね。それが皆、高位の貴族令嬢だったから、何かあるかなって思った。手綱を取ってくれているのがレイラかも？　とも思った。だからね、かまをかけてみた」

「え？　でも、先ほど……確信された様子で……」

あんなに自信満々に、何もかも知ってるって顔をしていたのに!?　どう見ても、お見通しですと言わんばかりだったのに？

「それは、ほら。王家お得意のハッタリだよ」

もう、王家怖い!!　自分の顔が青ざめたのを自覚する。

待って。本当に待ってほしい！

テレビ電話ならこの段階でぶち切りたいところだが、これは私の作った術式ではない。

「さっき、私がレイラに言ったのは、出どころが令嬢たちっていう嘘と、真実が分かったっていうことだけ。……ああ、ごめん。よく考えたら全部嘘だね。嘘しか言っていなかったね」

ああああああ！　騙されたあああああ!!

あはは、と彼は笑っているが、私にとっては笑い事ではない。

つまり、知ったかぶりに騙されて、私は全て自分から白状してしまったってことなのだから！

令嬢たちの水面下で話されていた婚約候補話が、迂闊な私から露見した瞬間だ。

でも、待ってほしい。

あんなに自信満々の表情で、何もかも分かったと言われたら、信じてもおかしくないよね!?

まさかハッタリなんて思うわけないよね？

「私が何も知らなかったらどうするおつもりで？」

「レイラが知らないなら、それはそれで想定内かな。適当に誤魔化すよ」

「………」

このお方、何げに性格が悪い。本人にそれを言うか。……満面の笑みですね、はい。

「レイラ。教えてくれてありがとう」

私、何でこの人のことを好きなんだろう？　遠い目をした私は悪くないはずだ。

思春期の少年のはずなのに、既に可愛げを全て捨て去ってしまったとしか思えない。

何だろう。この人。何もかも狡(ずる)い。

ちなみに一番救えないのは、殿下の良い笑顔を見て、きゅんとしてしまった私だと思う。

『雑談で気を抜かせてからの猛攻……。この王太子、なかなかやるな……。なるほど、ハッタリか。もう色々と諦めても良いのではないか？』

話をしている最中、見守っていてくれたルナは、一連の流れの中、殿下に対しての評価をまた一段階上げたらしい。

ちなみに最後の台詞は、聞かなかったことにした。

自ら墓穴を掘り頭からダイブして自ら埋まりにいった私は、敷物の上でぺたんと座り込み、項垂れていた。

髪が落ちてくるのを耳にかける。

「そんな落ち込まないで」と楽しそうに言うフェリクス殿下に、ゆっくりと顔を上げた私はじっとりとした抗議の視線を向ける。

「趣味がよろしくないのでは？」

「全容を明らかにしていたいというクレアシオン王家の本能なんだ。ただでさえ噂の渦中にあるレイラが何かに関わっていたら心配するし、貴女は自分でなんとかしようとするでしょう？　きっと言ってくれないと思ったから」

「……」

『ご主人は隠す気しかなかったからな』

殿下の仰ることも、ルナの言っていることも図星なので、もはや何も言えない。

「嘘をついたのは悪かったと思う。でも友人のことを心配している気持ちは、本当なんだ」

うう。そんな言葉で私は揺らがない。ちょっと嬉しいとか思ってなんかない。

それじゃあ、私、ただのチョロい女じゃないか。

殿下が私を心配しているのが嘘ではないのは分かったけど。

「だから、そんなに怒らないでいてくれると嬉しいな」

「殿下のことを怒るわけがないでしょう。私は怒っていませんよ」

「そんな警戒しきった態度を取られるのは寂しいかな。私がいけないのだけど」

とか言いつつ、楽しそうに笑っているのは何なのか。この方、絶対に面白がっている気がする。

でも……。

同時に、優しい眼差しをされているから、なんだかこっちも怒りが持続しないのが困りものだ。

「殿下が私のことを心配してくださったのは分かりますし、私がどうこう言うことではありません。それに……その友人と仰ってくれましたし」

友人……の部分で頬が緩みそうになったのを悟られないように顔を引き締める。

「……うん。いや、友人という言葉に嘘はないし、レイラのことを信用しているのも本当なんだけど……思ったより手応えがあることに私は本気で驚いている。レイラのこれからが心配だ」

これ、遠回しにチョロいと言われている気が……？

『本当にご主人は歪な精神をしているな。ある方面から攻めると恐ろしく強固なのに、また別の方面から攻めればこうも容易なのだから』

本気で心配されている殿下と、本気で呆れているらしいルナに、とりあえず褒められていないことだけは分かった。

何か言えば言うほど、また墓穴を掘り進める気がしたので、そっと放置することにした。

「ところで、私の婚約者候補として令嬢たちの間で有名なレイラだけど、実際にどうする？」

「強調するの止めていただけませんか？」

微妙な顔をする私と機嫌良さそうにする殿下の表情の差は対照的だ。

笑いを堪えているのを見て、王族相手にどうしてやろうか……と一瞬思ったくらいだ。

「それで、これは提案なんだけど。私と婚約でもしてみる？」

「はい……？　……はい!?」

ちょっと待って!?　あまりにもサラッと言われたものだから、思わず頷きそうになった。

さり気なく爆弾を投げてくるのは本気で止めてほしい。

そして怖いのは、本当に検討している殿下である。

考えるように顎に手を当てていて、冗談に見えないというか、本気で一案として考えているというか。

「ヴィヴィアンヌ家はクレアシオン王国の中でも有力な、伝統ある名門貴族で、おまけに白い貴族だ。貴方のお父上は近々侯爵になられるし、先々代から多くの公爵家に恩を売っていて、恐らく反対意見は出ないだろう。それに貴女はひと足早く通信課程で卒業し、学園内で働けるくらいに資格も取得している優秀なご令嬢。学園内の評判も上々」

殿下が並べ立てる理由を聞けば聞くほど、逃げ場所の方が私から去っていくような錯覚を覚える。もしかして、これってかなりマズい状況ではなかろうか？

悲鳴を飲み込みながら、私はどうでも良い返答を返す。

「私が通信課程とご存知だったのですね……」

時間稼ぎにも何の足掻きにもならない返答が虚しい。

「実技試験もこなせば、正式な卒業資格も得られるんだってね。なるべく早く卒業資格を得て、職を一刻も早く得るのが目的だったのだろう？」

「……」

貴方の婚約者になりたくないのと、学園に通いたくなかったからです。

本当のことは言わずとも、勝手に納得してもらうことにしよう。

「ヴィヴィアンヌ家は教育熱心だと有名だから、恐らくレイラが受けてきた淑女教育も、王太子妃教育並みに高難易度なんだと思うし。レイラの立ち居振る舞いって令嬢たちの中でも群を抜いてるから目を惹くんだよね。幼い頃からの教育の賜物なのか、一つ一つの仕草にも高貴なる者の振る舞いが滲み出ているというか」

『前から言おうと思っていたが、ご主人は目立つぞ』

え？　目立つ？

「そういえば、レイラってマナー教師の資格もあったよね？」

確かに、ちょっと暇な時間に取った記憶がある。最悪、追放されても食べていけるようにと当時は何でも取り入れた気がする。

今の今まで忘れかけていたけれど。というより、本気で問いたい。

「なぜ、それを殿下がご存知なのですか？」

本人ですら忘れかけていた情報をなぜ知っているのか。

殿下はあっけらかんとして言った。

「ほら、友人のことくらい、知っておきたいじゃない？」

「………………。それも……そうですね？」

『待った、ご主人。そなたはそれで良いのか』

ルナの呆れた声にも首を傾げる。

「というわけで、考えれば考えるほど、レイラ以上に相応しい令嬢はいないのではないかと思ってね。それになぜだか分からないんだけどこの間から、父上が私に聞いてくるんだ。レイラは達者にしているかって」

陛下――!!

殿下には言わないと仰っていたかもしれませんが、名前を出す時点でアウトです!!

完全に意味深ですから!!

『ご主人、世の中、諦めが肝心ではないか?』

どうしてルナの方が先に諦めているのだろうか!?

「信用出来る人っていうのは貴重でね。私はいつでも大歓迎だから、気が向いたら婚約者になってくれても良いんだよ?」

気が向いたらって軽すぎやしないだろうか?

「そんな国の大事なのに……」

本気で恐れ戦く私を見て、殿下はじっと私を見つめた後、何気なく付け足した。

「なーんて、冗談だよ。父上とも話さないといけないからね」

「ですよね!?」

心臓に悪すぎる!

「リーリエ嬢のこともあるし、在学中に婚約者の話が進むこともないと思うよ?」

殿下にベッタリなリーリエ様と、殿下の婚約者がキャットファイトする展開は、なるべく避けたいということか。

と、とりあえず、婚約回避……かな？

いつもギリギリの綱渡りをしている気がする。これは本気で、無事に卒業するまで、私の正体がバレてはいけない。そう決意していた私は、ふと視線を感じて振り向いて。

鏡越しに微笑ましそうに私を見る殿下がいたのだった。


昼休憩はそのようにヒヤヒヤしながらも無事に終わり、午後は午後で調合したり、湿布に魔力を込めたりしていた。

『ご主人。顔が死んでいるぞ』

ソファに腰掛けてダウンしている私の膝をルナがぺしぺしと叩いている。

「もう、怒涛だったわ……」

『そんなご主人に残念なお知らせだ。光の精霊の気配がしているぞ』

「戻ったばかりなのに、早速⁉」

そういえば、フェリクス殿下が、私に謝罪するようにリーリエ様に言い含めていたような？

気にしていないので、どうか私を放置してください。お願いします！

『気合いを入れろ、ご主人』

「……はい」

とか言っているルナが影の中に入っていくことに納得いかないまま、私は扉がノックされるのを待つのだった。


「騒がせてしまってごめんなさい」

リーリエ様は開口一番そう言った。

本当に申し訳ないと思っているのか、涙を零してはいないけど今にも泣きそうだった。

「リーリエ様……」

本当に謝りに来てくれたんだ……。

「私は分かっていなかったの」

リーリエ様は意気消沈したように呟いた。

フェリクス殿下に言われて、ようやく何がマズかったのか分かったのだろうか。

リーリエ様が淑女に近付けば近付くほど、フェリクス殿下の仕事も減るし、私の死亡フラグも折れやすくなるだろう。

「大丈夫ですよ。今からでも――」

今からでも十分に間に合う。まだ決定的な失敗をしたわけではないのだから。

安心しきった私はリーリエ様の次の言葉で、戦慄（せんりつ）することになる。

「貴族の皆の意地の悪さを理解していなかった私が悪いの」

「え？」

呆気に取られた私に、リーリエ様は自らの体を抱き締めながら言った。

「皆が皆、粗探しをしてるなんて、貴族の人たちは心が汚いよ。身分なんて関係ない。同じ人間なのに。それを知らなかったから、私はレイラさんに迷惑をかけてしまった」

ああ。分かってくれたんじゃ、なかったんだ。私たちが言いたかったのは、そういうことじゃなくて。

勝手に期待して落胆するなんて、自分勝手だと分かっているのに。

この娘は、貴族の根本を理解していなかったのだと、私は知ってしまった。

リーリエ様は恐らく実感していないし、まだ理解が乏しいのだ。

裕福な生活を享受している貴族だが、彼らの一言で、多くの人間の人生が左右され、多額の金銭が動くということが何を意味しているか。

爵位を持つ貴族の身一つでどれだけのことが変えられるのか。

多くの者の人生を背負った彼らが、数々の信用という目に見えないモノを基盤にして生き残っていることも。

何よりも信用出来るのはお金と確かな契約であり、そのどちらも信用とは切っても切り離せないのだから。

リーリエ様は知らない。ほんの少しの醜聞でさえも貴族にとっては致命的で、そこを狙い澄まされてしまえば一溜りもないという現実を。

既得権益のために弱みに付け込もうとする者たちがゼロでないという真実も。

出し抜き出し抜かれという、貴族社会に渦巻いている闇も。

結婚の意味も。

それに、条件の良い結婚相手を見つけるならば、己の振る舞いに気を付けなければ足を掬われ、気が付けば他の貴族に全てをかっさらわれるかもしれないことも。

粗探しをしているだけではない。見極めているのだ。どこの派閥に属すれば安寧を得られるのか。どうしたら破滅しないのかを。

もちろん、全ての貴族がそれを理解しているとは言えないし、例外もあるのだけど。

それに貴族の性格が悪いことは、本当だし。例えば、私だって性格は良くない。

そんな貴族社会だからこそ、瑕疵(かし)はなるべくない方が好ましいに決まっている。

そして、醜聞に過敏になる。誰しも付け込まれたくなどないからだ。ある意味では薄氷の上を貴族たちは生きているのかもしれない。

令息や令嬢たちの起こした醜聞は、彼ら自身の家に泥を塗り付け、自らがツケを払う日がやがてやってくる。

そんな世界で暮らしてきた貴族たちの中で、奔放に振る舞えば、白い目で見られてしまってもおかしくない。

リーリエ様が問題を少し起こしたとしても、まだ受け容れられるのは、彼女自身の光の魔力のおかげであり、もしも彼女が普通の令嬢なら一溜りもないのだ。

もし、他に光の魔力の持ち主が現れて、それが貴族なら……。

リーリエ様の立場はきっと、危うくなる。

男爵令嬢として彼女は、まだ何も貢献していないのだ。

庇護されたままのお姫様でいられるのは今だけなのに。

ハッピーエンドのその先は、誰も知らない。

……彼女の人生もまた、ゲームなどでは決してない。


ちなみに、この話題がフェリクス殿下の耳に入ったのはずいぶんと後だった。

「なるほどね。そういうことが……」

フェリクス殿下と恒例の鏡通話。持ち寄りのランチとコーヒーをいただきながらの優雅なお昼休憩である。

人がいない木陰。心なしか木々に囲まれていると空気が美味しい。

ここで書類作成するのも捗りそうなくらいの場所。

リーリエ様が謝罪に来てから一週間が経過したのだが、どうやら、彼女が医務室に来て私に謝罪したことをフェリクス殿下は遅れて本人に聞いたようで。

「昨日ね、リーリエ嬢がレイラに謝ったことを報告してきたのだけど、彼女、こちらをおずおずと窺ってきていたんだ。怒鳴ったつもりはないけど、当時の私は怖かったのだろうか？」

「……どうなのでしょうね」

そっと気付かれないように溜息を零す。

リーリエ様はフェリクス殿下本人に怯えていたわけではないと私は知っている。

確かに恐怖の感情だが、また違う恐怖だ。

『フェリクス殿下に嫌われちゃうよ……』

一週間前、彼女が言った言葉だ。

リーリエ様は、フェリクス殿下に嫌われることに恐怖し、怯えているのだ。

もちろん、激怒した時のフェリクス殿下も怖かったし、少なくとも私は絶対に怒らせてはいけない人だと思った。

「貴族は、性格が悪い……か。確かに否定は出来ないのだけど、そういうことじゃないんだけどな」

「……リーリエ様はまだ貴族の感覚がピンとこないのかもしれませんね」

フェリクス殿下は溜息をつきながら、ここ数日の様子を語った。

「ここ最近はリーリエ嬢から話しかけられることが減っていた。先ほども言っていたように怖がっていたから」

「……」

「昨日からは以前と同じように話しかけてくるけど」

それが不思議だと彼は語っている。

リーリエ様は殿下に嫌われることを恐れていて、ここ数日は上手く話しかけられなかったのだ。

だから殿下本人を怖がってなどいないと伝えるのは容易いけれど、彼女が最も恐れていることを殿下に伝えようとは思えなかった。

リーリエ様がそれほどまでに殿下を好きだということを知ってほしくない、私のエゴだ。だから私の口からは何も言わなかった。好きな人に、他の女の子の気持ちなど教えたくないと思ってしまった。

まあ、リーリエ様の想いはバレバレだから私が言わなくても問題ないんだけど。

俯いているのは、一方的に私が疚しさを感じているだけだ。自分の女の部分に吐き気がして、意気消沈しつつも、誤魔化すように私も首を傾げていた。

それでも少し憂鬱になっている私に、殿下は目敏く気付いた。

「レイラ、大丈夫？　何だか落ち込んでいる」

「私は、元気ですよ？」

「……そう？　それなら良いんだけど、無理はしないで何か私に言いたくなったら言って」

明らかすぎる嘘を、殿下はあえて追求せずに、すぐに引き下がってくれた。

この人は、私の性格をよく知っている。ああ。好きだなあって思う。

思わず伸ばした手は水鏡に触れて、ひんやりとした感覚が指に伝わった。

「……っ！」

ちょうど水鏡の向こう側の殿下も、私と同じように手を伸ばし、ちょうど私の手のあるところに触れていた。

触れ合ったわけでもないのに、指先に熱を感じるのは錯覚か。

思わず手を引っ込めてしまったせいで、妙な雰囲気になりそうなところを、殿下は何でもないように言ってくれた。

「こうして触れても、やっぱり手の感触は変わらないね」

「……そうですね」

上手く笑えなくて困った。

私と殿下は普段からベタベタなどしていないというのに、こうして触れられないと分かると、手を伸ばしてしまうのはなぜなのだろう？

好きな人に抱き締められたら、どんな感じなんだろう？

友人で満足しているはずなのに、時折私は大胆すぎる願いを抱いている。

反省……しよう。うん。

噂のこともあるから、実際に殿下と会うことなんてないはずだし。

……と、この時は、私もそう思っていた。


水面に映る満月が、風に煽られゆらゆらと揺らいでいる。木々の香りと、辺りを漂う月花草の花の香りが鼻腔を満たしていく。

月の光のみが闇を照らしている光景は、幻想的な空間を生み出している。

今日はさらに蒼の炎が辺りにキャンドルのように点(とも)っていた。湖にそれらが反射して、キラキラと輝いていて美しい。

蒼のキャンドルを生み出した張本人である青年の、穏やかな低い声が耳心地良く、静かに響いていく。

「ほら、静かな水面を見ていると、心が落ち着いてくるでしょう？　おまけに邪魔も入らず、安らぐことが出来るこの場所は私にとっての楽園のようなものでね」

『そうですね、殿下』

私は声を出す代わりに持っていた手帳に文字を書いていった。筆談である。

狐火のような蒼い炎が私とフェリクス殿下の周りを囲んでいるため、私の書いた文字を見て、彼は嬉しそうに笑う。何の面白みもない返事だというのに、このやんごとなきお方は、はしゃいでいる。さもありなん。

今の私は、レイラ‼ヴィヴィアンヌとしているのではなく、フェリクス殿下の初恋の君である月の女神としてここにいる。

つまり眼鏡なしの素顔でここにいるのだ。悲しいことに眼鏡はポケットの中。

私たちが初めて会った湖の畔(ほとり)で、私は今夜、ありのままの姿でフェリクス殿下と向き合っていた。

どうしてこうなったのだろうか？

『ご主人、もはや腹を括ってしまえ』

ルナだけは味方だと思っていたのに、最近のルナは私が奮闘すればするほど、まるで無駄なことをしていると言いたげである。

ことの始まりは今日の朝に遡ることになる。

それも早朝。

「レイラ。月花草を取りにいくのはいつですか?」

リーリエ様のことをフェリクス殿下と話してから、さらに一週間経過していた今日、叔父様がふと私に問うてきた。

「あっ……」

「もしかして、忘れていましたか? ここ最近忙しかったですからね」

「ごめんなさい。私から言い出したことなのに」

今の今まで忘れていたことに申し訳なく思う。

「レイラが取りにいける時で良いですよ。僕が取りにいっても良いんですが、いつ呼び出されるか分からないものですから」

それはそうだ。私は医療関係者だし、資格もあるけれど、私がいなくなるよりも彼がいなくなる方が不都合が多い。

今年入ったばかりの新人と、もう何年も続けているベテランとでは後者が常駐した方が良いに決まっている。

私は叔父様の助手みたいなものだし、やはり叔父様にしか出来ない仕事もあるわけだ。

「……確か、ちょうど今日から三日の間に咲くと思うの」

「ちょうど良い時に思い出せて良かったじゃないですか。どっちにしろ、取りにいくのだから問題ありませんよ」

研究第一の魔術オタクだが、仕事への理解はきちんと示す人だ。私が忙しくしていることを知っているため、責めることは一切しない。

前回のリーリエ様相手の時みたいに八つ当たりをする大人げなさはあるけれど、基本的にはマトモな部類だと思う。

変なところが目立ちすぎるため、イロモノ扱いされるだけである。

「叔父様、月花草を使って、今回は何を作るの？」

「精神干渉系魔術の解除薬を作ろうと思っています」

「精神干渉系って毒みたいに解除するのは難しいのでは？　それに魔術で人の心に干渉出来るほどの力を持つくらい強大な魔術師はいないような気がするわ。それに、どちらかと言えば、あれは精神医療になるような……？」

質問した瞬間、叔父様の目がキラリと光った。

あ、この反応は。

「ふふ。そんな魔術師が現れる前に対抗策を打っておくのが、出来る研究者ですよ！」

叔父様は力強く熱弁し始める。

『また始まったな』

ルナの呆れ声も聞き慣れました。

「一見無駄と思われる研究もいつか役に立つ時がきっとくる！　ならば、結果的にそれは無駄な研究ではなく、必要な研究も同然！」

『無駄と思われる研究をしている自覚はあったのだな』

「うわあ……ルナ、辛辣……」

普段から、肉食獣のような目でルナをガン見しているせいだろうなあ。

叔父様はコホンと咳払いをする。

「精神系統の魔術を行使するとですね、一時的な魔力の層みたいなものが神経系に纏わりつくのですよ。その層が精神を無理矢理、ねじ曲げているのですが、やがて精神そのものが変化しきった時、無理矢理ねじ曲げる力はお役御免になるのです。その時点で魔術は解けているのですが、ねじ曲げられた精神はそのまま」

「それでは、やはり精神系統の魔術の解除なんて出来ないのでは？　やはりそういったものは時間をかけて少しずつ改善していくものではなくて？」

時間をかけて本来の形に戻していく治療方法は、医療魔術よりも本人の精神に頼ったものだ。

「だが、しかし！　解けたと思われた魔術ですが、残滓(ざんし)は微かに残っているのですよ。その魔力の残滓を一時的に増幅して、擬似的な魔術発動状態へと移行してしまえば、なんと！　解除が出来てしまうのでは？　と考えました。発動さえしていれば、弄ることも反転することも可能になりますし」

なるほど。そのねじ曲げる力そのものに干渉するのね。私は首を振った。

「一時的に増幅してしまえば、被験者の精神はどうなるの？」

「ふっ、さすがレイラ。痛いところを突きますね」

嫌な予感しかしない。

「一時的に……二日くらい？　狂って暴れたりすると思いますが、三日目に正常に戻るので問題ありません」

「いやいやいや。狂ってちゃダメでしょ！」

「レイラ……。何かを治すためには、何かを犠牲にしなければならないのですよ……」

何か良いことを言っているように聞こえるけど、犠牲になっちゃ駄目だと思う。

「計算上では問題ないのですよ」

「それ、狂化学者が言っている台詞だと思うの。叔父様」

「薬の名前は、満月の狂気」

狂ってちゃ駄目じゃん！

ええ、こんなよく分からない薬のために、月花草を取りにいくの？

気が乗らないながらも、約束を守るのは淑女としての定めであり、義務だ。

仕方ない！　行ってやる！　と思い立ち、早速今夜、以前と同じ場所に夜も更けた頃に向かったのである。

そこから先はとにかく怒涛だった。

湖が月に照らされ、以前見たのと同じような美しさに見蕩(みと)れていた私は、注意不足から足を滑らせ、またもや湖の中に転落した。

月明かりしかないのはさすがに暗く、足元が見えなかったため、どこからどこまでが湖なのか分からず足を踏み外してしまい、そのまま湖へと真っ逆さま。

ばしゃーん！　と騒がしい音を立てて水の中に落ちていく私。

『ご主人――――!!』

落ちる私に慌てるルナの叫び声。

もうね。私も、二回も同じことするなんて思ってなかったの。

「これは……酷い」

幸い、身体強化の魔術で溺れることもなく顔を出した。

すぐにバシャンと顔を出して、落ちそうになる眼鏡をポケットの中へと仕舞う余裕もあった。

まあ、良いや。寮に戻って乾かせば良いやと、服がびしょびしょのまま、畔へと近付き手を伸ばして、差し出された手にとっさに掴まった。

ん？　差し出された手？　横を向くとルナは狼姿のまま。

え？　誰の手？

はい。その手は、運が良いのか悪いのか、フェリクス殿下の手だったのです……。

「年頃の女性が異性の前で服を濡らしているのは良くないよ。……目に毒だ」

引き上げてくれた殿下は目を若干逸らしながら、そんなことを言った後、火の魔術を使い、服を乾かしてくれた。

ありがたかったけど、私は内心それどころではなかった。服が張り付いて気持ち悪かったから本当に助かったのだけれど！

声を出したらレイラだとバレるので苦肉の策として筆談を始めたのだけど、前回詰め寄ってきたはずの殿下は今回、特に何も言わなかった。

何か事情があるのだと察してくれたのだろうか？

とにかく、声さえ出さなければバレないのだから、どうにかするしかない！

『ご主人、そなたは知らないかもしれないが、王太子は……』

ルナはごにょごにょ何かを言った後、私の影の中へと溶け込んでいった。

『まあ、世の中には知らないことがあっても良い』

しかも含みのある台詞を言って。ものすごく気になるけど、今はそれどころではない。

先ほどから、この場所の美しさを語っている殿下からどうやって逃げるべきなのか。

そういう経緯で今に至り、私は今、フェリクス殿下と並んで座り、談笑らしき何かをしながら湖を眺めているのである。

「湖に月が映るから神秘的で、貴女が現れた時も月の女神かと思ったよ。髪の色も銀色だし、月の明かりに似ている気がした」

『そうなんですね。ちなみに私は人間です』

うわあ。情緒の欠片もない。

普段、私が書いている字とは違う形で筆談しているため、正直筆跡を誤魔化すことばかりに気を取られてしまい、まともな台詞を考える余裕なんてないのだ。

どんなに字を変えたところで本人の癖みたいなものは抜け切らないらしいけど、見比べて筆跡鑑定をするわけではない。

ここでチラッと字を眺めるだけなのだから、さすがにそんな癖字を鑑定するなんて殿下も出来ないはず。

少なくとも私は出来ない。

「人間なら、触れても消えないのかな？」

「っ……!?」

うやうやしく私の銀髪をひと房掬い取ったかと思えば、なんと殿下は髪にそっと口付けをしてきたのだ。

目の前で繰り広げられる衝撃的な光景に、私は思わず変な悲鳴が出そうになった。

そういうことをするのは止めてほしい。切実に！

そういえば、殿下は月の女神に一目惚れをしたと言っていて、だからなのか、私にかける声がとにかく甘ったるい気がする。柔らかな声に、誘うような甘さが混じった魅惑的な声。

……応えるつもりがないのに、気を持たせるようなことをするのは残酷だ。

ズリズリと殿下からさり気なく距離を取っていれば、私の片手に手を乗せられて、それを阻止された。重なってくる手の大きさに、男女の違いを嫌でも意識させられてしまう。

何で、引き止められているの？

と思った頃には、そっと寄りかかってきた。

「ここは誰も邪魔しないからね。私がこんなことをしても貴女を除けば、誰も気付かない」

「……」

肩にこてんと寄りかかり、殿下の頬が当たる。まるで甘えるみたいな仕草に、動悸がした。

近い。とにかく近すぎる。息遣いも聞こえるほどの距離はとにかく心臓に悪かった。

好きな人のそばにいて、こうやって触れ合っていることは奇跡だとも思うけど、私には刺激が強すぎたのだ。

重ねられた手の下で自らの手を抜き取ろうとゴソゴソ奮闘する私に気付くと、殿下はそろそろ頃合だと思ったのか、私からすっと身体を離し、重ねていた手も離した。

殿下は、私の様子を見てる。様子を確認しながら、触れてくる。触れられた私が困っているのを察すると、すぐに離れていくのは気遣ってくれているから。

もう無理と思った瞬間に、タイミング良く解放してくれるのだ。

だけど、最初から触れないという選択肢はないようだった。その事実だけで私はもうおかしくなりそうだった。

上手く顔を見ることが出来ずに、俯いたままの私に殿下は言った。

「無理強いは何の意味もないから、嫌がるようなことはしない。私は貴女にこうして直接会えただけで嬉しいよ。普段は会えないからね」

殿下は好意を隠そうともせずに、私の耳元に甘い声で囁いた。自分の声の良さを自覚したうえでわざとやっているのではないかと思うくらいに、その声には抗いがたい魅力があった。

こうした真っ直ぐな想いが伝われば伝わるほど、自分が酷いことをしているのを自覚する。

彼の想いや告白をなかったことにしたうえに、こうして姿を隠して、嘘をついているのだと。

自分が死にたくないから、と無下にしてしまっている。

期待させるようなことをするのは残酷だ。応えるつもりがないのなら、拒絶するべきなのに、私は彼のそばにいたいからと、医務室のレイラとして彼の友人になっている。

最低な行いをしているからこそ、早く離れた方が良いと知っているのに、それでも。

殿下は今の私がレイラだと気付いていなくて、今の私に殿下が一目惚れしたということも知られていない設定で……。

とてもややこしくなってきた……と思う。告白されてもいないのに、拒絶したら自意識過剰だろうか？

そもそも、一目惚れは、どこまで本気なのか。

悶々と悩み続けるおかしな私を指摘することもなく、フェリクス殿下は優しげな眼差しで私を見守っていた。

だから分かってしまった。この人は、確かに私を好きなこと。

自分の気持ちを押し付けることなく待ってくれる人だから。私と話せるだけで良いなんて言われて、心がぐらつかない人なんていないのだろうか？

そして、だからこそ私は最低だと、改めて思う。

そんな自責の念から顔を上げられずに、ますます俯いていく私に殿下は声をかける。

「この場所はね、特別な場所なんだ。この湖は何の効能があるか分からないけれど、微弱な魔力の気配を感じるし、そもそもこの場所は選ばれた者しか入れない。邪悪な者は近付けない、異界だ」

「……？」

突然、どうしたのだろう？

「そんな特別な場所でこうして並んで座っていること、私たちの出会いに、何か意味がある気がして素敵だよね。……ここで貴女と出会えたことが私にとっては特別なんだ。……だから、何かを申し訳なく思う必要はないんだ」

まるで心を読まれたような錯覚を覚えた。私は先ほどからそんなにも酷い顔をしていたのだろうか？

『貴方はここに昔から来られているのですか？』

会話の糸口が掴めなくて、当たり障りのない質問を投げかけた。

フェリクス殿下はうん、と軽く頷いた。

「疲れた時、前からここで横になって空を眺めるのが習慣だった」

だから、初めて会った夜も、殿下は一人でこんなところにいたのか。

静寂で神秘的な湖。

その湖に名を付けるならば。

「ここはね、精霊の湖なんだ」

ああ。まさしくその名が相応しいと思った。精霊のように神秘的で謎めいたこの場所に、とても似合った名前。

精霊がいたとしても不思議じゃない、神聖さと静謐さを併せ持った場所。

「一つお願いがあるんだ」

お願い？　声を聞かせてほしいと言われたらどうしようと、内心焦る。前回フェリクス殿下に何度もお願いされたことが脳裏を過っていた。

「……っ」

動揺からわずかに吐息を漏らした私に、彼は苦笑しながら首を振った。

「ああ、違う。貴女に無茶なお願いなんかしない。前みたいに声を聞かせてほしいなんて言わないから」

そう言いながら、こちらに向き直ったフェリクス殿下と正面から顔を合わせることになり。

端正な大人びた顔が私を見つめている。王家の方は、昔から美しい顔立ちの方が多かったという。改めて正面から見てしまうと、やはり目を奪われてしまいそうになる。

王家の色である金髪碧眼。吸い込まれそうなほどに美しい青の瞳は、今のこの時間、この場所のせいでさらに神秘的なものに見える。

「やっぱり綺麗だ」

一瞬、私が言ったのかと思った。

今、私が思ったことと同じ台詞だったから。

再び動揺して息を飲んでいれば、フェリクス殿下は真摯に私を見つめながら言った。

「貴女の顔を、見たい」

もう既に見ているじゃないかとか、そういうことを言う場面でないのは、さすがの私にも分かった。

こくりと軽く頷くだけに留めて、私たちは正面から見つめ合うことになった。

「銀の髪、紫色の瞳」

レイラの容姿の特徴とも共通しているから、それを言われると心臓を掴まれたような心地がしたが、フェリクス殿下は特にそのことに言及することはなかった。

そ、そうよね。銀髪の髪の人だっているし、紫色の目の人だっているし、偶然の一致だと殿下も思ったんだ、そうに決まっている。

現に殿下は私を怪しんではいなさそうだし。大丈夫、何も問題ない。

するり、と彼の手が私の頬に添えられて、導かれるままにそっと顔を上げる。

その目に宿った熱を目にすると、顔を逸らしたくなるのになんとなく俯くことが出来なくなった。

「ありがとう」

何に対してお礼を言ったのだろう？

そんな疑問が湧くも、フェリクス殿下は心から嬉しそうに微笑むから、それどころではなくなってしまう。

まだ出会ったばかりなのに、どうして殿下は、こんなにも……。自分の気持ちが恋心なのだと、彼はどうやって気付いたんだろう。

堂々巡りになる。

苦い想いを抱えつつも、この日の出来事は、私の思い出の一つになった。

三巻へ続く

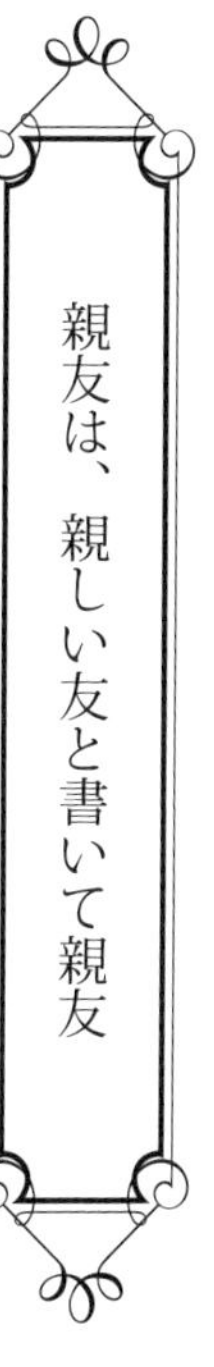

親友は、親しい友と書いて親友

ノエル＝フレイ――僕は、魔術の名門に生まれ、幼い頃は国外で過ごし、紆余曲折を経た末に、クレアシオン王国に戻ってきた。そのため、この国の言葉を話し始めたのも最近だ。

そういう理由もあって、暇な時間に図書室で辞書を物色していたのだが……。

ふと棚の向こう側に、どこかで見たことのある後ろ姿があった。

レイラか。こんな朝早くからご苦労なことだな。そういえばヴィヴィアンヌ医務官にこき使われるのだと愚痴っていたな。

本棚の高いところにある本に手が届かないのか、一生懸命に背伸びしているレイラを見て、仕方ないから手伝ってやるかと後ろから近付いた。

近くにある踏み台を使わないのは、スカートの丈でも気にしているからか。

「め……めんどうくさい……」

レイラは背伸びで取ることを諦めると、手を少しだけ上げて浮遊魔術で欲しかった本をふわっと浮かせて抜き出した。

「最初からそうやって取れば良いだろ。どう足掻いても背は伸びないぞ」

……余計なことを言ったか？

言った瞬間に、少し反省した。こういうことを言うと女子に泣かれて面倒だから気をつけてはいたんだが。

「あ、ノエル様？」

レイラは本を手に振り向いたが、僕の余計な一言を気にもせずに友好的な笑みを浮かべている。そして思わずといったように軽い言い訳をし始める。

「ほら、属性が違う魔術を使う時って、少し面倒じゃないですか。変換している分、少し意識的にしなきゃいけないですし……」

「お前なら出来るだろ、普通に」

「まあ、そうなんですけどね。身長があれば普通に届くのに……。あと少し高ければ人生が変わるはずです」

身長くらいで何を言っているんだか。

「レイラ、お前これから暇か？」

「そうですね。本を借りたら今日は終わりですね。さすがに休みがないのは嫌なので、有給取りました。叔父様を少し脅し――コホン」

「今、脅したとか聞こえたぞ」

「ふふ、気のせいです」

レイラも時折、ヴィヴィアンヌ医務官にやり返しているようで、遠慮のない関係性なのが窺える。

「せっかくの休みを潰すのは悪いからな。今度で良いよ」

「あ、お手伝いですか？　趣味と実益を兼ねてぜひ、行きたいです！」

自分とは違ったやり方で研究している人の実験などを眺めているのは純粋に楽しいのだと、レイラは夢見るような顔で言った。そんな顔されたら、こちらも満更ではない。

「ま、まあ、レイラがどうしてもって言うなら？　誘ってあげないこともないけどな！」

なんとなく心臓辺りがムズムズして、ぷいっとそっぽを向いた。

……またガキみたいなことをやってしまった。自分から何かを働きかけようとすると顔が熱くなるせいだ。

レイラは、こちらを微笑ましそうに見ているので、恐らく僕の羞恥心なんてお見通しなのだろう。

いや、だが！　別にずっとそんな醜態を晒しているわけではないから問題ないはずだ。そう、たまたまなんだ、たまたま。

「今日はどこかの部屋を借りますか？」

「ああ、まあな。予約していたからすぐ入れるんじゃないか？」

「いつもは自室でやっているのに珍しいですね」

「久しぶりに研究するんだよ」

数日前に予約した実験室に入り、届けさせた材料が台の上にあるのを確認する。

レイラは僕の少し後ろで様子を見ていたが、やがて参考文献をいくつか開いて中をパラパラめくり、僕の記録手記を大まかに確認している。

「相変わらず手伝いに慣れてるよな、お前」

「叔父様の手伝いはよくしていますので」

「ふーん？」

助手を付けるのは無駄だと思っていた。僕の説明を理解する者は少なく、途中で諦められることも多々あった。

だが、レイラのように、理解の範疇外でも理解しようと努める者は貴重だ。ヴィヴィアンヌ医務官もレイラのそういうところを気に入っているんだろう。人付き合いを極端にしないあの人が、姪とそれなりに交流があるのは奇跡だ。

「ノエル様、これなんですけど、レシピが穴だらけではないですか？　何か貴重な古書の写しなのは分かりますけど、ここまで虫食いみたいでは無理な気が……」

ところどころ、●で埋められたレシピを見て、レイラは疑問符を浮かべていた。

「そうだな。まあ、このぐらいならなんとかなるだろ。勘で。良い感じに穴埋めしていけば、最終的にどうにかなる」

「どうにかなる、ですか……」

「ああ。これが正しいという直感みたいなやつだ。パズルをしながら、確信を得ていくような」

口で言うのは難しいが、適当にやっていたら適当に答えが分かってくるものだ。正しいか正しくないかは、しっくりくるかこないかで決める。

「……改めて思いますけど、天才って、ぶっ飛んでますよね……叔父様と似たようなこと言ってるわ……。こんなに正確性を求められる数値なのに……」

「……？」

レイラは、なぜか遠い目をし始めた。……まあ、良い。とりあえず研究を始めるか。

研究と言っても、理論は事前に終わっているので、反応が思った通りのものか確認するだけ。

いきなり性質が変化するとか微生物の変異がなければ、このまま用紙に写せば良い。

レイラは僕の記録したレシピや過去の実験を参考にしながら、完璧な助手を務め上げていた。

紙片としてあらゆる場所に散乱していたそれを拾い上げて、順序立ててまとめていく作業。

誰かとする作業は僕にとって妙に新鮮だった。

「レイラは確か学会の論文に興味あったたな。お前がどうしてもと言うなら秘蔵の論文を見せてやらんでも……」

「あ、なら私は叔父様の没論文を持ってきますね。没にしているとはいえ、それは最後まで仕上げるのが面倒になっただけで、論文としては質の高いものなんです」

「ヴィヴィアンヌ医務官の没論文は研究者なら垂涎ものだぞ。恐らく本人だけが価値を分かっていない」

「そうなんですよね……」

……友人っぽいやり取りだ。何か自然な友人っぽいやり取りが出来ている気が……する。

じゃあ持ってきますね、と言いながら、レイラは僕に背を向けると作業の続きに取りかかる。

……どうでも良いが、手足とか細すぎないか？　よくあんなんで仕事をこなせるものだ。

食事は取っているのだろうかと少し心配になったので、念の為聞いてみると微笑ましそうに「ありがとうございます」とお礼を言われてしまった。

「別にそんなんじゃないからな！　心配とかじゃない！　目の前で倒れられたら寝覚めが悪いだけで！」

羞恥心が限界突破したので、赤くなる顔を隠しながら調合に必要な虫の分解にひたすら励むことにした。レイラがこちらに向けてくる視線や空気感は若干生暖かかった。

我ながら無様すぎる……と、僕が絶賛後悔中、部屋をノックされたことに気付く。

「ちょっと見てきます」

そう言ってレイラがドアの様子を見にいったが、それきりなかなか戻ってこなかった。

「何かあったか？」

仕方ないので僕も作業を中断して入口まで歩いていくと、レイラの前には同学年の女らしき誰かがいた。

「ん？　何かあったのか？　お前、目が死んでる」

「……私の叔父様が魔法成長剤で植物を巨大化させてしまったそうです」

「ああ……」

その一言で全てを察することが出来た。つまり身内の尻拭いをしに、駆けつけなければならないのか。

「私、とりあえず行ってきますね。途中で抜けるのは申し訳ないですが」

「いや、別に、問題ない。レイラが気にすることじゃないし……むしろ、あ……ありがたいと思ってるし」

日頃の感謝を口にしようとしても、上手く口が回らないのは僕の口下手ゆえだった。

拙い僕の台詞にレイラは、軽く微笑んだ。いや、だからもう子ども扱いするな。

レイラが部屋から出ていった後、そう時間が経たないうちに、再びノックがあった。

「邪魔するよ」

「殿下？」

何しに来たんだ？　と言いかけて、王族相手にその物言いはマズイと僕はとっさに黙り込む。思いのほか強い物言いになる言葉はたくさんあるから気をつけないといけない。フェリクス殿下は寛大だが、いつまでも礼儀知らずでいるのは僕が嫌だった。

幸い、僕の顔を見ただけで殿下は大まかのことを察した。

「少し気晴らしに来てみた」

ハロルドに修行だと追われ、盲目的な実の弟に付き纏われ、トドメにリーリエ＝ジュエルムに絡まれるフェリクス殿下は苦労人だ。

「ふーん、何も面白いことはないけど、あんたがそれで良いんなら別に」

こういう時は殿下の方も特に接待やら相手を求めているわけではないから僕としても気が楽――。


「……今、レイラとすれ違ったんだけど」

じゃなかった。何か面倒な予感がする。

僕は手元のフラスコに入っている水の表面張力をじっと眺めていた。

「ノエルは、レイラとやっぱり仲が良いの？」

うっわ、めんどくせえええええ！　内心絶叫した。

いや、フェリクス殿下はたとえ嫉妬していたとしても、それを表には出さない人だ。

今だって、話の流れでさり気なくを装って聞かれただけの台詞で。僕に圧力をかけるわけでもなければ、面倒な絡み方をされたわけでもない。

だが！　明らかに「気になってます」と言わんばかりの空気感！　それを悟ってしまった段階で面倒事確定なのである。そういうんじゃないってことを伝えないといけない。

「……そういうんじゃない」

そのまま言ってどうする、僕。

もっとマトモなこと言えないのかと考えているうちに、手元の薬品が零れた。なんて勿体ないことをしたんだ。

「そうかな。研究の手伝いをするのは仲が良い証拠だと思うよ。ノエルは人付き合いが少ないから良い傾向だ」

本当はレイラと僕の関係が気になって仕方ないくせに、殿下は平然とした振りが上手かった。

僕は溜息を吐いた。なんとか違うって分かってもらわなければと、頭を振り絞って考えて出てきたのは、ついこの間、課題の騎士物語か何かで読んだ一幕だった。

「……こう切磋琢磨して、お互いを認め合って、十年後に再会した時も『よう、久しぶりだな。お前は全然変わってないな』みたいな挨拶を交わす――」

いや、僕は何言ってるんだ。

それを言った瞬間、殿下は目を丸くした。最近、この人は普通の人間みたいな反応をするようになったな。それはそれで良い傾向だと僕は思う。

同年代とは思えない反応しかしてなかったからな、殿下。

だがその後の発言が問題だった。

「ああ、なるほどね。親友になりたいのかな、レイラと」

「べ、別に親友になりたいとかじゃないからな！　今のは別に、別に何かの本で読んだやつで！　つか、あんたその顔ヤメロ！」

殿下もレイラと似たような顔をしてくるの、本当に意味不明だな！　さっきまで嫉妬してたくせに、違うと分かってからこの変わりよう！　親友。親友とか。

「別にそういうんじゃない‼」

しばらく思い出しては、羞恥心に苛まれ呻き声を上げる日々が続く羽目になった。

フェリクス殿下のちょっとした尾行話

リーリエ嬢が覚醒してから、様々な噂が駆け巡った。

その中でも、銀髪の美少女と私とリーリエ嬢の三角関係にまつわる噂話が一番厄介だった。

これは、医務室の少女レイラと初恋の月の女神が同一人物だと私が知った頃に起こった、ちょっとした一幕だ。


「フェリクス殿下、ごきげんよう。こちら、侯爵家の夜会の招待状ですわ」

侯爵家の令嬢は上気した頬を隠すことなく私を見上げている。

ひと目でそれなりの好意を抱かれているということが分かって、思わず苦笑しそうになるが、それをぐっと堪える。

「ありがとう。なるべく夜会には参加しようと思っているから、ありがたくいただくよ」

質の良い紙を使った封筒を受け取ると、彼女の周りにいる数人のご令嬢たちも目をパッと輝かせる。

「私たちも参加予定なのです。少しでもお話し出来ると嬉しいですわ」

そんな夜会へのお誘いから始まった世間話。

当たり障りなく、可もなく不可もなくな会話を心がけていた私だったが、直後、その名前を聞いたとたんに全身で反応してしまいそうになった。

彼女の名前ですら私にとっては特別なものだから。

「レイラ様も夜会にいらっしゃれば良いのに」

そう口にしたのは、一人の伯爵令嬢だ。

「そうですわよね、あまり夜会には参加されないんですのよ」と残念そうに周りの令嬢たちも口々に語る。

「あの眼鏡はどうやら度が入っていないようですの」

「絶対素顔は綺麗な方ですのに、わざわざ隠すなんて勿体ないですわ」

そういえばレイラは、幼い頃から社交に顔を出すことはなかった。普通、貴族の子女たちは交流があるものだけど、レイラは必要最低限出席して、後は欠席。

一度くらい会えても良いはずなのに、私は幼いレイラと会ったことがない？

月の女神だと錯覚するほどの美貌の持ち主なのだ。レイラの幼少期は、きっと可愛らしかったに違いない。

それにしても一度も会わないのは、やはりおかしいような？

些細な違和感を覚えつつも適当にやり過ごしていたら、最終的に令嬢たちは、私にも眼鏡が似合うはずだと結論づけ、力説していた。

その様子をどこからかノエルは見ていたらしい。

「殿下ってあれだな。難攻不落だよな」

廊下を並んで歩いていたら、ノエルに脈絡もなくそう言われた。

「唐突にどうしたの、ノエル」

「いや、なんとなく」

この時、自習の課題が終わってしまった私とノエルは、教室から抜け出して学園内を彷徨していた。

リーリエ嬢はマナーの授業のため、この時は珍しく別行動だった。

「女に騒がれている割には、殿下の浮いた噂を最近まで聞かなかった」

最近まで、というのは、銀髪の美少女の件や、三角関係やらの噂のことだろう。この噂が面白おかしく広まり、レイラと表立って会えなくなった。

ノエルの声は、どうでも良さそうな口調だったが、その質問に答えたのは護衛担当のハロルドだ。

「殿下は昔から誰にでも似たような友好的な対応なんだ。女性側からしてみたら、取り付く島もないのだが」

昔からそばにいたハロルドは、私の幼い頃を知っている。自分では今も昔も当たり障りなく対応していたつもりだったが、まさかハロルドに取り付く島もないと断言されるとは。

「ふーん？　つまり外面だけは良いと」

「それだけ聞くと最低な奴に聞こえるから止めない？　ノエル」

外面だけ良い。字面だけ見ると性格が悪そうだ。

「平等は美徳です、殿下。将来の結婚相手を決めるなら慎重にしなければなりませんので、浮いた噂が多いより、むしろ良いのでは？」

浮いた話がなかったのは、私が誰とも仲良くしようとしなかったからだろう。

当たり障りのない対応ばかりで、結婚相手を見つけようともしていなかった。ただそれだけのこと。思慮深いわけでも慎重なわけでもない。

ただ、無闇矢鱈に愛想良くしすぎないように気をつけてはいる。リーリエ嬢の件では失敗してしまったけれど。

そっと苦笑していれば、ふとノエルはハロルドへと視線を向けた。

「そういや、ハロルド。殿下の婚約者がどうとか前に騒いでなかったか？　お前、修行のことしか頭にない筋肉馬鹿だと思ってたけど、そういうのは気にするんだな」

以前、リーリエ嬢と私が良い雰囲気なのだと誤解しそうになって怖い顔で追いかけてきた件だ。

あの時は、医務室に行ったらレイラが匿（かくま）ってくれたっけ。

銀髪の美少女の噂が広まっているというのに、そういえばハロルドは何も言ってこない。相手がレイラだと分かっているから、問題ないと思っているのだろうか。レイラに対するハロルドの評価はかなり高い。

「気にするのは当たり前だろう。殿下のお相手なら、俺の護衛相手も同然。警備計画諸々含めて把握しなければ騎士の名がすたる」

「ハロルド、顔。顔」

警備計画、と口にしたところで顔が引き締まり、ハロルドの顔が強ばっていた。相変わらず女性を怯えさせてしまいそうな顔である。

いや、私も正直、この真顔でどこまでも追いかけてくるハロルドは怖い。

幼い頃から私の護衛として仕えてきたため、ハロルドは騎士としての使命や、体を鍛えることばかり考えている。もはや刷り込みだなとも思う。

……体を鍛えるのは趣味と実益を兼ねているような気がするけど。

学園内の庭園を歩き、裏門へと辿り着いた時、ふとどこかで見たことのある白衣が翻った。

黒のワンピースの上に羽織った白衣、靡く銀色の美しい髪。

……やっぱり目が吸い寄せられてしまう。

「ん？　あの後ろ姿は……レイラか？」

颯爽と歩く後ろ姿に私が思わず見惚れているうちに、ノエルもレイラに気付いた。

「ヴィヴィアンヌ医務官に素材集めを押し付けられているとか言っていたな。時々外出しているらしい」

ノエルはレイラと魔法薬の取引をしているからか、医務室事情を知っていたりする。

さりげなくレイラと日常会話が出来るノエルを内心羨みつつ、平然と聞こえるように相槌を打った。

「へぇ、日課なんだ？」

医務室の来客対応や書類整理、授業の補佐、様々な仕事を押し付けられているらしいレイラ。まさか素材採取まで請け負っているとは。

「レイラはあれだな。研究馬鹿？　趣味と実益を兼ねてるとそうなる、典型的な見本だ」

「ノエルが言うと説得力があるよね」

そう言うノエルはレイラと同類の、どう見ても同業者だ。

一人で採取をすることが多いなら、あそこまで戦闘に慣れているのも納得だ。

話しかけるのは、止めておいた方が良いかな。噂のせいで表立って話しかけにくくなってしまったのが悔やまれる。

外出しようとしているレイラを名残惜しげに見つめていた私の感情を察したわけではないだろうが、ハロルドが突然、こんな提案をした。

「後を付けてみませんか？　殿下」

「突然何を言ってるのかな、ハロルドは」

ハロルドは真顔のまま、目がキラキラと輝いていて、これはレイラの戦闘シーンを見たいというのが丸分かりだった。

ハロルドはレイラの戦闘を見て以来、彼女の戦闘に焦がれている。

鎌で無双していたレイラを見てから、余計に興味が湧いたのか、時折女性向けの訓練を設定しようと画策しているくらいだ。

「ふん、面白そうだな。残りの自習時間は大幅に残っているし、行って帰ってくるくらいは出来るだろう」

ノエルが腕を組みながらニヤリと笑う。

いつもは研究のことしか興味がないノエルも、何やら乗り気だった。

「レイラくんの護衛の男が不在の今が勝機だ」

レイラの護衛のルナという男は、どうやら気配に敏いらしい。

「……まあ、気付かれなければ良いかな」

「お、意外に殿下も乗り気」

「私も、採取に興味があるからね」

紛うことなき口実である。採取をしているレイラに興味があるのは言うまでもない。

護衛のルナ。今日はレイラと別行動らしいが、あまりにも多すぎる素材採取に作業分担をしていたらしいというのは後で聞いた話である。

レイラの手にあったのは、小さな草刈り鎌。採取する際、慣れた手つきで雑草を刈っていた。

大きさは自由に調整出来るらしく、そういえば攻撃手段として使う時は大きい鎌を振るっていたな。

「なるほど、採取道具から攻撃武器へと転化させたのか……。いや、だがレイラくんに相応しい武器は、他にもある。個人的には持ちやすいレイピアも良いし、いっそのこと暗器使いとして教育すれば、相当の使い手になると思うのだが――いや、だが――」

この騎士、レイラをどうするつもりなんだ。暗器使いって何をさせるんだろう。

「ハロルド、うるさい。独り言ならよそでやれ。レイラの声が聞こえないだろ」

ブツブツ言うハロルドを横目でジロリと睨みつけるのは、ノエル。こちらもこちらでレイラの声を聞き取ろうと必死である。

声、というか。

「……やっぱり唄、だね？　うーん、何か規則的なものを感じる」

独特な旋律(せんりつ)に、あまり耳慣れない歌詞。鼻歌交じりというのではなくて、本格的に音楽を奏でているのが分かる。

これは採取が楽しくて歌っているのではない。

規則的に、極めて理性的にかつ精巧に奏でられている旋律は、幻想的ですらあった。

「ノエル、どう？　何か見える？」

「……魔力の粒子が見える。やはり唄に魔力が乗っている。……興味深いな、音声魔術。効果を見る限り、獣避けといったところだな」

そう呟くノエルの視線は、レイラをひたすらに凝視している。緋色の瞳――魔眼が意識的に発動されているのが分かった。

しばらくレイラをじっと見つめていたノエルだったが、ふと思い出したように言う。

「魔力の粒子で思い出したが。鑑定魔術における魔素記号概論はやっておけよ、ハロルド」

「……いや、俺が鑑定魔術を使う機会は、ほとんどないだろう」

「そうかもしれないけどな。せめて単位を取っておけ、単位を」

その流れでノエルは、鑑定魔術関連の一問一答をハロルドに向かって繰り出し始めた。

レイラから距離を置いて付いていっているため、全ては小声で。

「ノエルにとっては日常みたいなものだからね。教えを乞うなら、これ以上の適任はないね」

ノエルの魔眼は一言で表せば、鑑定魔術を気軽に行えるようなものだ。

通常、鑑定魔術は気軽に行えるものではなく、事前準備は一朝一夕に済ませられるものでもない。

魔力の粒子を見るのは、なかなかに手間がかかるのだ。

その点、ノエルの瞳は魔力の粒子を映すという特別な瞳。魔術師としては垂涎ものの能力だろう。それまでのノエルの苦労を思うと、安易に羨ましがることは出来ないけど。

「何もないところから次々と新たな粒子が現れるのが見える。普段から音声魔術を使うなんて物好きな奴だな、レイラも」

奥まった木々を掻き分けているというのに、魔獣と全く出会わないのは、レイラが使う音声魔術の影響なのだろう。

レイラを観察しながら後を追っているうちに、ハロルドがポツリと呟いた。

「俺は全てを鑑定魔術士に任せることにする……」

「ノエル、ほどほどにした方が良い。ハロルドが息してないから」

ノエルの一問一答に相当参ったらしい。

「ふん、これくらいで音を上げるとは、まだまだだな」

「専門外では、さすがに俺も無理だ……甘味を食したい……」

目が死んでいたハロルドは、ついに甘味を欲し始めたので、私は提案した。

「ハロルドは筋肉の種類に詳しいだろう？　筋肉一問一答でもやれば良いと思うよ」

「ハッ！　その手が！」

筋肉と聞いたとたん、ハロルドの目に生気が宿った。

「はぁ？　ハロルドの筋肉談義とか暑苦しいからな⁉　絶対に嫌だ！」

適当に言った私の台詞に、ノエルが顔を顰めたその瞬間のことだった。


バシャーン！


「……え」

「は？」

「何だ、と？」

レイラが湖に落ちた。

そして私が飛び出すより早く、湖の中から白衣が投げ捨てられて。

その刹那、私の中に蘇ってきたのは、初めて会った時の彼女の裸で――。

既視感を覚えたが今日のレイラは素肌を晒すことはなく、黒のワンピースを着衣したまま、無事に水の中から這い上がった。

草むらへ置かれた眼鏡。

頬に張り付く濡れた銀髪に、白い肌に張り付いて顕になった身体の線。

捲れ上がったスカートの裾から、覗くほっそりとした太腿とふくらはぎに目が吸い寄せられる。思春期特有の――あどけなさと同居する艶めかしさが目に毒だった。

そして。

蛹から蝶へと羽化する一瞬を切り取った美しさに息を飲んだところで、私はハロルドとノエルの存在をここでようやく思い出した。

ハッと振り返ると、実は純情少年であるハロルドは頬を密かに染めつつ顔を逸らしていて。

ちなみに、素直になれない思春期少年ノエルは、顔を逸らそうとして地面にひっくり返っていた。

「…………」

これはいけない。とにかくいけない。

レイラのあられもない姿を見られた。とにかく問題だ。裸ではなくとも、何か見てはいけないものを見た気がする。

ハロルドとノエルは見てはいけないものだった。理不尽かもしれないが、見られたことが腹立たしい。

私も見てはいけないだろうけど、とりあえず二人の記憶をどうにかしなければいけないと唐突に思った。

その場から二人を引き摺ってレイラのいる湖からさらに離れた後、森の中でも開けた空間まで戻ってから、おもむろに魔術で氷を生成した。

形作ったものはハンマーである。

息を整えていた二人へ向かって、そのハンマーを向けながらおもむろにこう言ってみた。

「これで何か良い感じに打撃を加えれば、何か良い感じに記憶喪失にならないだろうか。ほら、神話だと女神の水浴びを見た若者は殺されるじゃない？」

「理不尽！　いや、僕は何も見てないからな!?　断じて！　何も！　見てない！」

ノエルは絶叫しながら、全身全霊で否定に否定を重ねている。

「私も理不尽だとは思うんだ。思うんだけど、世の中には見て良いものと見てはいけないものがあって――。神話に出てくる神とは、総じて理不尽なものだし。もちろん私も運命を共にするつもりだよ」

「あんた平然とした顔をしているけど、実は錯乱してるだろ!?」

「いや、冗談だよ、冗談。普通に考えて物理的な攻撃をしたところで記憶が飛ぶわけがないだろう？　私は無駄なことはしない」

そう。冗談のつもりだった。ちなみに場は和まなかった。

「殿下のそれ！　冗談に！　聞こえないからな⁉　ハロルド、お前も何か殿下に言ってやれ！」

「俺も見ていません、殿下！　何も。とにかく違うんです。何も見ていません。そう、例えば白い太腿なんて見ていません！」

「あっ、馬鹿！　おい、ハロルド⁉」

余計なことを言うなとばかりにハロルドに肘鉄砲を食らわせるノエル。

「だ、だが、ノエル。俺はこうも思うんだ。溺れた時に重い服を着たままでは、余計に沈む……対応としては合理的で理想的なのだと……。だから決して疚しいことではなく……それにチラリと見えたとしても少しだ。つまり、問題など、な、ないんだ」

「……へぇ、そっか。結局見たんだ」

なぜだろう。やけに平坦な声が出るのは。

「……」

「…………」

なぜだろう。二人は無言になった。無言になった後、ノエルは声をわずかに震わせながら言った。

「は、話せば、分かる……！」

何が話せば分かるのだろう。

私は、混乱していた。
二人も混乱していた。
ここで私たちが大人しく退散することにしたのは言うまでもない。

「採取してたら落ちてしまいまして。草が生えている場所を歩いていたつもりでしたが、甘かったようです」
「うん、そっか……風邪引かないようにね」
水鏡でレイラと会話していると、採取の際に足を滑らせて湖に落ちてしまった件も案の定報告されたのだった。

あとがき

こんにちは。お久しぶりです！　初めましての方は初めまして。花煉です。この度は、たくさんの本の中から、こちらの『悪役令嬢は嫌なので、医務室助手になりました。』二巻をお手に取ってくださってありがとうございます。今回は二巻です。いまさらながら二巻という響きにドキドキします。発売されるのは十二月頃なので、一年とは早いものですね！　この一年は色々なことがあり夢のような日々でした。

さて、内容をネタバレしない程度に少し二巻について書いていければと思います。表紙でお分かりいただける通り、二巻にて新キャラが増えました！　なんだか怪しい雰囲気のクリムゾンが登場しました。私は長髪姿の魔法使い風イケメンキャラが好きなので、クリムゾンのキャラデザインを見た瞬間、これは時代が始まったな……（確信）と思いました。クリムゾンは敵キャラっぽい立ち位置ですが、レイラやフェリクスとの関わりもこれから増えていくと思いますので、楽しみにしていただければと思います。そして、精霊アビスですが、この猫はなんと……イエネコサイズなのです！　狼のルナさんとやり合ったり、クリムゾンに書類仕事のお手伝いをさせられたり、話し方が主似でミステリアスな雰囲気がありますが、サイズは基本イエネコなんです。個人的にこの設定がなんか可愛いなと思っております。それから我らがノエルくんが、挿絵デビューしました！　黒髪赤目キャラ……この色合いがとても好きです（いつか黒髪長髪の赤目のキャラを小説に書いてみたいですね……）。あと、忘れてはいけないのは、レイラさんのメイド服姿が可愛いということですかね。この時のレイラさんの服装は当時、適当に決めたのですが、この時メイド服にして本当に良かったです。メイド服が似合うレイラさん……。メイド服に眼鏡という組み合わせも可愛いので、眼福でした。

二巻の思い出としては、驚異の書き下ろし二十三ページ！　ですかね！　一般的な書籍の書き下ろしページがどのくらいなのか、私もあまり分かってはいないのですが、作者的には「書き下ろし二十三ページ!?　すごい！」となりました。まさかこんなに書き下ろしのページをくださるなんて……！　ありがとうございます。非常に貴重な経験をさせていただきました。

今回書き下ろしをさせていただきました二編ですが、「読んでも読まなくても物語には支障のなさそうな男の子たちの日常」をテーマにしております。ノエルくんとレイラさんの友人関係とか、暇つぶしに尾行とかし始める男子一同とか、本編には一切関わりはありませんが、彼らの日々の中の一ページを書けて楽しかったです。フェリクス殿下はしっかりしすぎているうえに少し仕事中毒気味なところがあるので、少しは年頃の男子っぽい日常を過ごしてほしいですね。少しでもお楽しみいただければ幸いです。

最後になりますが、ここまで読んでくださった読者の皆様、いつもお世話になっている出版社の皆様、担当様、校正の皆様、可愛らしく素敵な挿絵を描いてくださった東由宇様、二巻を無事に発行することが出来たのは皆様のおかげです。本当にありがとうございました。

次は三巻になりますが、またお会い出来たら嬉しいです！

2024年1月新刊

政略的な婚約ではあるけど、
マリウスの優しさに触れイルムヒルトに心境の変化が——。

そして、過去の惨劇の黒幕である「アレ」と
対峙するために、イルムヒルトが
ついに証人を確保する——？

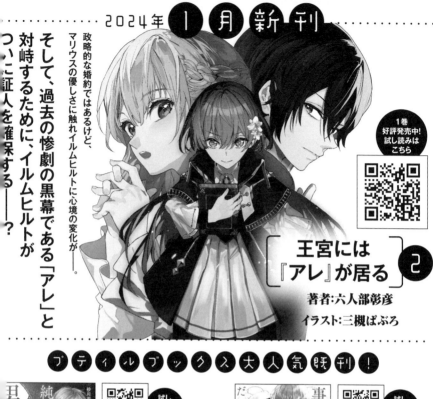

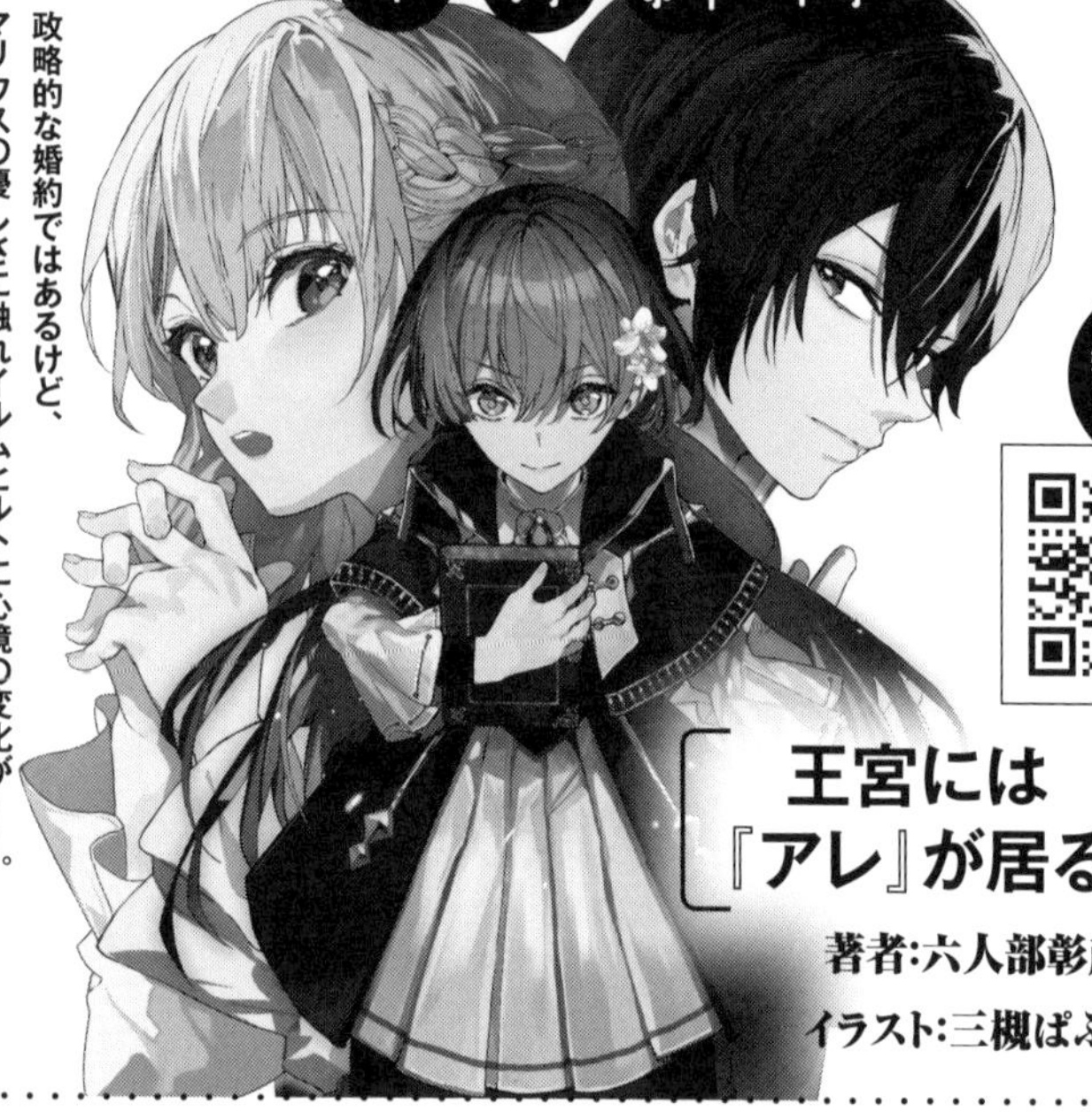

1巻
好評発売中！
試し読みは
こちら

王宮には『アレ』が居る 2

著者:六人部彰彦
イラスト:三槻ぱぶろ

プティルブックス大人気既刊！

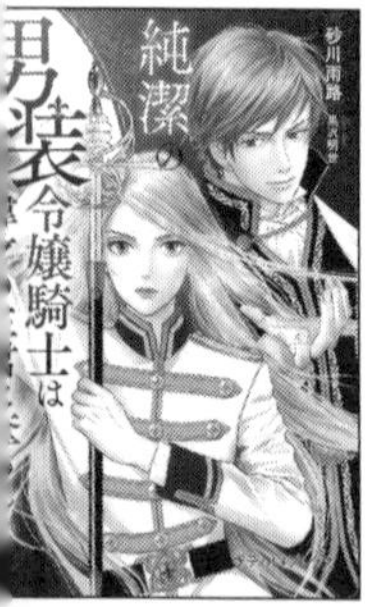

試し読みはこちら

純潔の男装令嬢騎士は偉才の主君に奪われる

著者:砂川雨路
イラスト:黒沢明世

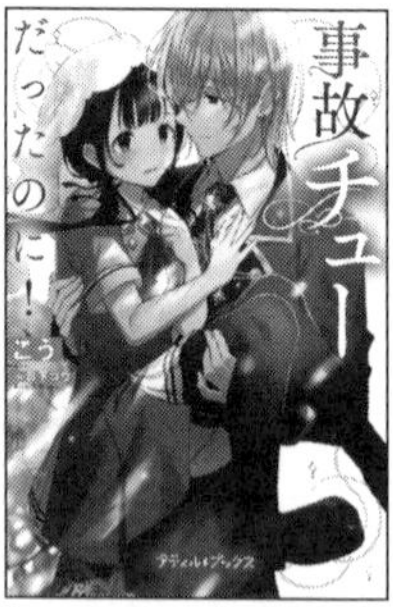

試し読みはこちら

事故チューだったのに！

著者:こう
イラスト:日下コウ

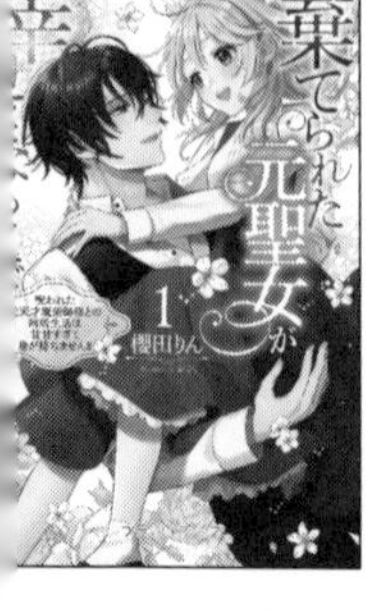

試し読みはこちら

棄てられた元聖女が幸せになるまで 1

～呪われた元天才魔術師様との同居生活は甘甘すぎて身が持ちません!!～

著者:櫻田りん　イラスト:ジン.

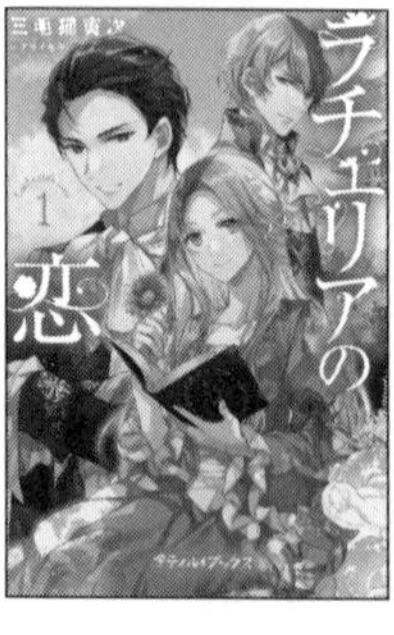

試し読みはこちら

ラチェリアの恋 1

著者:三毛猫寅次
イラスト:アオイ冬子

プティルブックス

悪役令嬢は嫌なので、医務室助手になりました。2

2023年12月28日　第1刷発行

著　者　**花煉**　©KAREN 2023
編集協力　プロダクションベイジュ
発行人　鈴木幸辰
発行所　株式会社ハーパーコリンズ・ジャパン
東京都千代田区大手町 1-5-1
03-6269-2883（営業部）
0570-008091　（読者サービス係）
印刷・製本　中央精版印刷株式会社

ISBN978-4-596-53036-3

※この作品はフィクションであり、実在の人物・団体・事件等とは関係ありません。

※本作はWeb上で発表された小説『悪役令嬢は嫌なので、医務室助手になりました。』に、加筆・修正を加えたものです。